オパール文庫

一生そばにいてくれよ せっかちなエリート外科医は恋人をとことん甘やかしたい

本郷アキ

プランタン出版

※本作品の内容はすべてフィクションです。

プロローグ

桜の開花宣言はまだだが、早咲きの桜が遊歩道を淡い色に染めている。

そんな暖かな三月初旬。

品川区内の駅からほど近い場所にあるビルの貸し会議室の一室で、六人掛けのテーブルに座った男女四人が顔を合わせていた。

「はぁ」

八木澤理はため息をつきながら、一人一人に視線を走らせる。

右隣に座る兄、一馬は、落ち着きなく目を動かしていた。

一馬の隣に座るその妻である恵美は、柳眉を逆立てて、テーブルの上で爪を弄りながら、向かいに一人座る一ノ瀬千早を睨んでいる。

理のため息に反応したのか、俯いていた千早が顔を上げこちらを見た。その表情には若干の緊張が見て取れる。それは当然だろう。今回の集まりは、彼女が原因なのだから。

時刻はすでに二十時を過ぎているが、いつもならまだ仕事で病院内にいる時間だ。

さっさと話を終わらせて戻りたいのだが、どうやら彼女はまだ言い逃れできると思っているのか、不倫を認めない。イライラしているせいで、ため息ばかりが漏れる。

「この調査報告書に間違いはあるか？」

理は手に持っていた紙の束をばさっとテーブルに乱雑に投げると、千早に視線を向けた。

千早は調査報告書を自分の方に引き寄せて、パラパラとページを捲りながら目を通す。

やがて、軽く目を伏せて観念したかのように息を吐いた。

「いえ、間違いありません」

(間違いない、ね)

一ノ瀬千早はこの近くのＮＰＯ法人で働く二十七歳の女性だ。

丸い目に小ぶりの鼻。日に焼けていない白い肌はきめ細かく、ピンク色のリップが塗られた薄い唇が目を引く。

肩の下辺りまで伸びた自然な焦げ茶色の髪は、後ろで一つにまとめられていた。毛先がくるりと丸まっているのはパーマだろうか。

いつか見たときと同じで化粧は薄く、上品で清楚な印象も変わらない。彼女は理を覚えていないのか、あのときと違い笑みはなかった。それも理を苛立たせる要因となっている。

（おとなしそうな顔をして不倫とはな）

彼女は控えめで男遊びとは無縁そうに見えた。

過去に言葉を交わした際の印象が強烈に残っているからか、こうして話していてもまだ信じがたい。人は見かけによらない、とはよく言ったものだと理は思う。

ただ、彼女の顔には、後ろめたさが欠片も浮かんでいない。それどころか、気が立っている義姉を前にして、落ち着き過ぎている。どこか覚悟のようなものを感じさせる表情をしていて、理はそこに多少の違和感を覚えた。

（兄さんとの愛を貫く決意か？　そんなに兄さんが好きなのか？　だとしても、人の家庭を壊していい理由にはならないだろうが）

理は、患者に向ける穏やかな目を、このときばかりは鋭く細めた。

自分が他人からどう見られているかをわかった上で、患者に余計な不安を与えないように、普段は笑顔でいることを心がけている。

日本人離れした彫りの深い顔立ちに、シャープな頬のライン、太い眉や厚めの唇は男性的だ。

癖のない真っ直ぐな黒髪は無造作に流している。仕草が上品で落ち着いた雰囲気があり、女性からのアプローチは後を絶たない。

百八十を超える高い身長に引き締まった体軀、併せ持った美貌は、周囲を圧倒し、近づきがたさを感じさせてしまう。

だが、医師という職業的にはこの外見で得をすることが多く、親しみやすい話し方と作り笑顔を浮かべるだけで、患者への説明もスムーズに進む。

「なら不倫だと認めるんだな?」

「間違いはありませんが……私と一馬さんは不倫関係ではありません」

千早はおとなしそうな外見とは裏腹に、はっきりとした口調でそう言った。

「またそれか」

証拠を突きつけて彼女がそれを認めて謝罪をし、もう二度と兄には会わないという誓約書を書く、それで終わりだったはずだ。

それなのに、兄と二人で肩を並べホテルのエレベーターに乗る写真を突きつけても、部屋に入る写真を突きつけても、千早は不倫を認めない。

「ここまで証拠が揃っているのに?」

「理……っ、やめてくれ……彼女は!」

一馬が千早を庇うように口を挟んだ。それは妻である恵美に対して火に油を注ぐ結果にしかならないと、兄ならばわかるだろうに。

「一馬さん!　どうしてその女を庇うのよっ!」

「義姉さん、落ち着いて」

理はますます苛立つ気持ちを抑えながら、何度目かのため息を吐きだす。

「兄さん……俺は兄さんが自分からこの女を引っかけたとは思っていない。兄さんはそんなことができるタイプじゃないからな。この女に唆されたんだろう？」

「……違うんだ、そうじゃない！」

一馬は泣きそうに顔を歪めて、必死に首を横に振った。

その必死さを見ていると、一馬と千早が純粋に愛し合っていて、一馬の妻である恵美がまるで悪役であるかのように錯覚しそうになる。

（この女、さっきから落ち着き過ぎだ。よほど兄さんに愛されている自信があるらしいな）

一馬の目は千早しか見ておらず、また彼女も一馬を気にかけてばかりいる。

余計な時間を取られている苛立ち。妻がいる男を奪っておきながら悪びれない態度。なにもかもが気に食わなかった。

一番腹立たしいのは、彼女を好ましく思っていた自分に対してだ。初めて会ったとき、理は彼女に強く惹かれた。また会いたい、言葉を交わしたいと思っていた。

それなのにこれだ。彼女がまさか兄の不倫相手だなんて、理にとって悪夢でしかない。自分に見る目がなかっただけの話だが、裏切られた気分だった。

「じゃあ、なんだ。まさかこんな地味な女に本気だとでも言うつもりか」

理は、千早を貶めるつもりでそう口にした。だが、千早は先ほどからなにを言われても、表情を変えない。感情がないのではないかと思うほどだ。千早の落ち着き払った様子にさらに苛立ちが募って、理は指先でテーブルをとんとんと叩いた。

「本気とかそういうんじゃないんだよ……何度もそう言ってるだろう……」

「そういうんじゃない？　ならどうして何度も二人でホテルに？　ホテルの部屋で三時間過ごしましたが、男女の関係ではありません、なんて言い訳が通用すると思っているのか？」

一馬と千早が夜に二人きりでホテルの一室にいたという調査報告書が上がっているのだ。写真だって何枚もある。室内でなにが行われていたかは想像するしかないが、ただお茶を飲むためにわざわざ密室を使用する必要はないのだから明白だろう。

「それは……」

一馬は言葉を濁らせ、助けを求めるように千早を見た。千早は一馬と視線を合わせると、なにも言わず首を横に振る。

往生際悪く違うと言っているのは一馬だけで、千早は調査報告書に書かれている内容をすべて認めた上で、不倫関係だけは違うと言い張っている。どうあっても認めないのは、訴えられる危険性を考えてのことだろうか。

「不倫してる証拠はあるんだから、さっさと認めなさいよっ！」

いい加減に腸が煮えくり返っている様子の恵美は、二人が目配せし合っていることに苛立ちが収まらなかったようで、荒々しくテーブルを叩いた。

「申し訳ありませんでした」

千早は恵美に向けて、神妙に頭を下げた。心底、申し訳ないと思っているのは態度から伝わってくる。だが、不倫を認めていないのに謝罪だけされても困るのだ。

「それはなにに対しての〝申し訳ない〟だ」

「誤解を招くようなことをしてしまいました」

「誤解、ね」

「誤解だなんてどの口がっ！　人の夫を奪っておきながら……っ、この！」

「手は出さないでくれ。こちらが不利になる」

理は、恵美が拳を振り上げるのを咄嗟に止めた。

恵美の拳は怒りでぶるぶると震えている。

「だってっ！」

「気持ちはわかるが、やめてくれ」

千早は言い訳一つしない。その潔さは感心したくなるほどだが、身体の関係を持っていないのなら、二人きりでなにをしていたのかと問うても、決して口を開かない。

不倫したことを認めてくれれば、彼女を訴えることはせずに、謝罪と今後は兄と会わないという誓約書一枚で済ませようとこちらは思っているのに。

理は念のためテーブルに置いた録音中のスマートフォンで時刻を確認すると、ため息を漏らした。仕事を抜けてきたため、早く病院に戻りたかった。

「これだけ証拠が揃っていてまだ不倫ではないと言い張る気か？　そう言えば逃れられるとでも？　それとも、兄との関係は遊びじゃないとでも言うつもりか」

「一馬さんと私は不倫関係ではありません。言えるのはそれだけです」

言えるのはそれだけ。つまり、彼女にはなにか言えない事情があると、普段の理ならば気づいただろうが、このときの理は頭に血が上っていた。

兄は大事な家族だが、好意的に思っていた女性の真の姿に失望していた理は、さっさとこの場を終わらせたいという思いが強かったのだ。

多少の違和感を覚えながらも、理はそれを無視した。

目の前にいる女が妻のいる男と二人きりで会っていたのは間違いない。調査は半年前から始めていて、証拠となる写真は大量にある。

彼らは月に二度のペースで逢瀬を重ねていた。二人が会うのはいつも同じホテルで、不貞をしている意識がないのか堂々とロビーで待ち合わせをして部屋に入っている。

だいたいいつも二～三時間ホテルに滞在するが、千早が宿泊したことはなかった。

恵美が一馬の行動に不信感を覚えたのがおよそ一年前だというから、もしかしたら一年以上にもわたって関係を続けている可能性もある。

一馬は、八木澤家が経営する個人病院『やぎさわ内科』の院長だ。おそらく金目当てでの不倫関係だろう。

「もういい、これ以上は時間の無駄だ。訴えはしないが、この件は君の職場に報告させてもらう。これは兄には二度と会わないという誓約書だ。目を通してここにサインを」

最初からこうしていればよかったのだ。一応は彼女の言い分も聞こうなどと思わずに。

千早が働くNPO法人の理事は父の知り合いだ。雑談という形で彼女の不倫を話すくらいは容易い。仕事を失えば、男にかまけている時間はなくなるだろう。

理が誓約書を差しだすと、千早はボールペンを持ち、最初から最後まで書類に目を通しサインをした。

そして彼女は、書類を理の方に向けてペンをテーブルに置いた。

「これで大丈夫でしょうか」

「あぁ」

理は誓約書を受け取り、彼女の名前が書かれた箇所を確認する。生真面目そうな直角ばった文字の書き方だ。悪筆ではなく、むしろ見やすさや読みやすさを意識したような美しい文字だった。

理は書類から顔を上げて、千早に目を向けた。

彼女は、今も尚、案じるようにちらちらと一馬を見ていた。

それがやたらと腹立たしい。

（そこまで、兄さんが好きなのか？）

自分が不道徳な行為をした認識はあるはずだ。兄とホテルにいたことは認めているのだから。それでも兄に向ける気持ちは止めようがないのだろうか。

そこまで一人に固執した経験のない理には、互いに想い合っている二人が、今どんな気持ちでいるかなど推し量れない。

職場に報告すると言ったときも、兄と会うなと言ったときも、千早は顔色を変えなかった。言い訳一つ口にせず、潔く責任を取ろうとする姿勢も好ましく、こんな場でなかったら彼女との再会を喜んでいただろう。

不倫をするような女だと自分に言い聞かせていても、必死に兄を守るような姿勢を見せつけられると、どうにも平静でいられなくなる。

兄ではなく自分が相手だったらなんの問題もなかったのに。そんな考えが脳裏に浮かび、書類を持つ手に力が入る。

（俺は、なにを……）

理は胸のうちで舌打ちをした。

わけのわからない腹立たしさを打ち消すように、鋭い目を彼女に向けた。

「書類は問題ない。あとは、この場で兄の連絡先を消してくれ。悪いがSNSのメッセージもすべてチェックさせてもらう」

「わかりました」

理が言うと、千早は少しの逡巡すら見せずにスマートフォンをテーブルに置く。ロックを解除し連絡帳を表示させると、理の方に差しだした。

理は受け取った千早のスマートフォンに表示された〝かずまさん〟という登録を消す。どうやら二人は電話番号しか教え合っていなかったようだ。

メッセージアプリもチェックしたが、兄のアカウントは登録されていなかった。

おそらく不倫がバレるのを恐れてだろう。ずいぶんと慎重なわりに、ホテルに入るときは堂々としており、なにやらちぐはぐな印象を受けた。

「兄さんも」

理が促すと、兄は千早よりも未練たらたらな顔でスマートフォンを出した。

「……わかったよ」

一馬はため息交じりに言うと、〝一ノ瀬千早〟と表示された連絡先を渋々消去した。恵美の前では言えないが、一馬の方がどっぷりと千早との関係にはまっているのは明らかだ。

兄は、この部屋で不倫を突きつけられても、恵美への謝罪を一言だって口にしていないし、先ほどからずっと千早を庇い続けている。

それが余計に恵美を苛立たせるのだろう。恵美は一馬の妻という強い立場のはずなのに、想い合う二人を引き裂く悪役のようではないか。

結局、千早に不倫を認めさせることはできなかったが、ようやく終わった。理は書類を手に席を立った。

「次は法的措置も辞さない。愚かな真似はするなよ？　行こう、兄さん、義姉さん」

念のため釘を刺し、兄の肩に手を置き退出を促した。

恋人との別れがそこまで辛かったのか、兄の顔は蒼白だった。ふらふらと立ち上がり、足先は部屋の外に向いているが、それでも縋るような目で千早を見つめている。

今にも倒れそうな兄が心配で、理はふらつく一馬の背中を手で支えながらドアを開けた。兄を先に廊下に向かわせて、背後にいる恵美にも退出を促そうとした。

その瞬間。

「死ねっ！」

恵美は椅子から立ち上がり、テーブルの中央に置いてある六個口の電源タップを摑み、千早に投げつけた。止めようと手を伸ばしたときには遅かった。

「……っ」

がつっと鈍い音がして、千早の口から微かに呻き声が聞こえる。

「義姉さんっ」

理は義姉の腕を摑んだ。

我慢の限界だったのだろう。義姉は肩で息をしながら、ほかに投げる物がないか探すように目を動かした。

「だめだ」

「でもっ！　この女が！」

「そう遠くないうちに彼女は仕事を失う。男と会うどころじゃなくなるはずだ。兄さんの妻はあなたです。これで終わりにしよう」

このまま彼女の前にいさせてはいけないと判断した理は、強引に義姉の腕を引き、部屋の外に促した。

「……わかったわよ。でも、絶対に許さないから」

恵美の怒りはまだ収まらないようだったが、額を押さえる千早を見て、多少の溜飲は下がったのか、おとなしく従った。

だが、廊下にはすでに一馬の姿はない。兄からしてみれば愛しい恋人と別れる原因になった恵美とこれ以上顔を突き合わせていたくなかったのだろうが、まだ婚姻関係にある以上は、多少のフォローをしてほしかった。

廊下に一人ぽつんと立った恵美は、悔しげに顔を歪ませると、甲高いヒールの音を立てながらエレベーターに向かっていった。

理は恵美の背を見送り、会議室に戻った。

千早はまだ座ったままで、痛むのか額を押さえている。

「身内がすまなかった。額を見せてみろ」

額を押さえている手を退かして、傷の確認をすると、わずかに赤くなっているものの、切れてはいないようだ。

「……切れてはいないな。大丈夫か？」

「大丈夫です。ご迷惑をおかけして申し訳ありませんでした」

彼女はその場で立ち上がり、深く頭を下げた。

「何日も痛みが残るようだったら病院に」

「わかりました」

「じゃあ」

もう二度と会うこともないだろう。それを少し残念に思う自分もいて、理は彼女への未練を振り切るように部屋から出た。

廊下にはすでに義姉の姿もない。恵美を実家まで送らずに済み胸を撫で下ろした。

理はビルの前でタクシーを拾い、職場である『友育(ゆういく)医療センター』へと戻ったのだった。

後日、千早が働くＮＰＯ法人の理事から、彼女が三月末で退職したと報告をもらった。
この件は、それで終わったはずだった。
一ノ瀬千早とは二度と会うことはない——そう思っていたのに。

第一章　一馬の事情

千早が働くＮＰＯ法人『心のお悩み相談室』は、ＪＲ線の線路沿いに建つ五階建てビルの一階にある。

ここでは、様々な悩みを抱えた人の相談に乗っている。基本的に相談者と顔を合わせることはなく、電話やチャットでの相談のみだ。

中には冷やかしやいたずらもあるが、誰にも言えない悩みを聞いてほしい相談者も多い。自分が間違った言葉をかければ、相談者を追い詰めてしまう可能性もある。そのため、常に緊張感を持って仕事に励んでいる。

大学院を卒業後に臨床心理士の資格を取り、ここで働き始めてまだ半年弱だ。十月で二十六歳になったが社会人としてはまだまだ未熟である。それでも、苦しんでいる人がいるのなら、ほんの少しでも力になりたい、その思いがいつも胸の奥底にあった。

「所長、戻りました。お昼どうぞ」

昼休憩を終えて席に戻ってきた千早は、席につき、ヘッドセットをつけた。そしてこのＮＰＯ法人の所長である高梨に声をかける。

高梨は五十代ほどの男性だ。温和な性格で職員たちのよき理解者でもある。

「お～おかえり。じゃ、僕も行ってくるかな。なにかあったら携帯鳴らして」

「はい」

臨床心理士たちが使用するパーティションで仕切られた一角は、六畳ほどの広さしかない。そこに四台のデスクが向かい合う形で並べられており、電話機とパソコンが置かれているだけの簡素なものだ。

そのほかには総務、経理、人事が二人ずつ働いている。このＮＰＯ法人で働く従業員は全員合わせても二十人もいない。その分、皆、仲が良く、ぎすぎすした雰囲気がまったくないため、新入社員の千早もすぐに受け入れられた。

「はい」

高梨の後ろ姿を見送っていると、電話機のランプがちかちかと点滅し、着信を知らせる。ヘッドセットから着信音が聞こえてきたため、千早は意識を切り替えた。

「はい、心のお悩み相談室、一ノ瀬と申します」

千早が応答すると、電話口から息を呑むような雰囲気が伝わってきた。声すら出さない相手から緊張を感じ取り、これはいたずらの類いではないなと判断する。

「もしもし？」

『あ、の……話を聞いてもらうことって、できますか？』

ゆっくりと聞き返せば、ようやく相手の声が聞こえてきた。電話をかけてきているのは男性で、二十代から三十代くらいの声質だ。

「もちろんです」

『話の内容が、外に漏れることは……？』

「絶対にございませんのでご安心ください。と言っても、私を知らない相談者様にはご不安があると思いますから、偽名でも、名乗らなくても大丈夫ですよ。どのようなことにお困りなのか、お話しいただけますか？」

まずはこちらを信頼してもらうため雑談を交わし、問題の見極めを行い、その問題を改善するために可能ならば心理的介入を行うが、電話をしてくる相談者は複雑に絡み合った問題を抱えている人がほとんどで、簡単に解決できるようなものではない。

『心のお悩み相談室』に連絡をしてくる相談者は、親しい相手にも話せない深い事情を抱えていることが多い。むしろ、親しい相手、信頼している相手だからこそ、打ち明けられない悩みもあるのだと思う。

『そうですか……あの』

男性はそう言ったきり、押し黙った。

会話を弾ませるには、急かしたり話の途中で割って入ったりしてはいけない。相手に同調し、話すリズムを相手に合わせせると、話を引きだしやすくなる。

「はい」

『実は……』

男性は『半年前に結婚したが、妻を愛することができない』と言った。そして、自分の恋愛対象が同性であると続けたのだ。

（お父さんと、同じだ）

彼の話を聞き、千早の脳裏に写真でしか見たことのない父の姿が浮かんだ。もしかしたら父も、この男性と同じ心境だったのではないか、と確かめられもしないことを思った。

両親が別れたのは、千早が三歳の頃だったと聞く。

原因は、父が男性と不倫をしたことにあった。父はそれを自分から母に打ち明けたらしい。

母はそんな父を気色が悪いと詰り、父にすぐさま離婚を突きつけた。父は黙って家を出ていったのだという。

それから母は一人で千早を育ててきたが、子育てが終わり時間に余裕ができたからか、父のことをよく口にするようになった。

――ずっと無理をしてたのかもしれないわねぇ。

――父親として、頑張ろうとはしてくれたのよね。

――今なら、友人くらいには、なれたかしらね。


父はかなり裕福な家の出で、二人は見合いで知り合った。

母は一目見て父を好きになり、そんな母が積極的にアプローチし、結婚に至った。

だが、父に同性愛者だと打ち明けられて、浮気の証拠と共に愛されていなかったことを突きつけられて、母は追い詰められた。

父を愛していたから、自分が愛されていないことが信じがたくて、つい男同士なんて気色が悪いと詰ってしまった。すると、父は泣きそうな顔で母に謝罪したそうだ。

けれど、思い返せば見合いのときも、結婚してからも、父がなにかを言いかけてやめる、ということがよくあったのだと母は言う。

自分の恋愛対象が男であることを誰にも言えず苦しんでいた中で、さらに親から見合いを強要され、追い詰められていたのかもしれない、と母はこぼした。

男性の声が、想像の中にいる自分の父と被る。

「そうだったのですか。どうして、今の奥様と結婚することになったのですか？」

『うちはびょ……いや、会社を経営していて、後継者が必要なんです。父に見合いを勧められて、結婚はまだ早いと誤魔化すのも、もう限界でした』

　女性を愛せない彼からすると、相手は誰でも同じだったのだとか。

　男性の置かれた環境も父と被っており、母の後悔を娘の自分が晴らすなんてつもりはないが、どこか運命的なものを感じずにはいられなかった。

「奥様との間に子をもうけなければならないのですね」

『はい……でも、その、性行為をするたびに、吐き気が。僕は、彼女の前では、なるべくいい夫であろうとしているのですが、バレないようにと必死になっているうちに、一緒に眠るのも苦痛になってしまって、今はほとんどホテルか……会社に泊まり込んでいます』

「奥様は、家に帰ってこないことについてどう仰っていますか？」

『大変なのね、とだけ。あ、僕は父から会社を継いだばかりなので……』

　妻は男性の行動を訝(いぶか)しんでいる様子はないようだが、それも時間の問題だろう。男性もずっと今のように逃げ続けられるとは思っていないはずだ。

「それを聞いて、どう思いましたか？」

『申し訳ない……と。ただ、妻を騙している罪悪感の一方で、一生、こんな日が続くのかと、思ってしまいます』

　彼は声を詰まらせながら言った。

半年の結婚生活でかなり追い詰められているようだ。

『子どもができるまで……いや、子どもができたあとも、妻と身体の関係を持たなければならない。それが、もう無理なんです。身体の関係がなければまだ……とは思いますが、妻はその……そういったことに積極的で』

「ご家族で、そのお悩みをご存じの方はいらっしゃいますか?」

『いえ、母に言えば泣かれるでしょうし、父は聞かなかったことにするか、僕を切って、理……いえ、弟を代わりにしようとするかもしれない』

「弟さんがいらっしゃるんですね」

『……ええ、弟は、話せば、唯一味方になってくれると思います。でも、話す勇気はまだ持てなくて』

弟について語るときの男性の口調は、先ほどまでの苦しげなものとは違っていた。おそらく、兄弟仲は良好なのだろう。

彼の抱えている問題は、恋愛対象が男性である故、妻との肉体関係を苦痛に感じていることである。

解決方法としては妻との離婚、そして家族にカミングアウトすること、だろうが、それもすぐには難しそうだ。

「弟さんとはよく話をするんですか?」

『昔はよく。今は弟の方が忙しくなってしまって、たまに電話をするくらいです』

「歳の近いご兄弟ですか？」

『ええ、弟は二つ下なんですが、僕よりもずっと優秀です。父も本当は、僕じゃなくて、弟に病院を継いでほしかったんだと思います。でも理は、兄さんみたいな優しい人の方が患者さんは安心するだろう、と言って。それに、俺はまだ結婚するつもりはない、とも言っていました』

　どうやら彼の実家は病院を経営しているらしい。先ほど会社と言っていたのは、まだこちらを信用できないからだろう。

（弟さんは、理さんっていうのね）

　千早は、あとでパソコンにまとめるために、手書きでノートに書いていく。

　実家の病院を継ぐ、ということは彼も、彼の弟も医師なのだろう。解決への一番の近道はその弟に協力を仰ぐことだろうが、彼はまだそれを望んでいない。

「相談者様は……」

『あ、すみません、僕は一馬、といいます。名前だけですみません』

「いえ、構いません。一馬さんとおっしゃるんですね。改めまして私は臨床心理士の一ノ瀬と申します」

『ご丁寧にどうも』

「それで、一馬さんはなにを望んでおられますか？　すぐに解決できる問題ではないと思いますので、それが実現可能かどうかではなく、今の一馬さんの希望を聞かせてほしいのです」

『そうですね……僕はただ、家族とずっと一緒に過ごせれば。子どもがいないなら養子をもらうでも、将来、弟が結婚すればその子を跡継ぎにしてもいいかと』

「その家族の中に、奥様は入っていますか？」

『それは……あの、入っていません』

　彼は口ごもりながらも、はっきりと意思を示した。妻への罪悪感はあるようだが〝家族〟とは思えないのだろう。

　結婚する前に家族に相談できれば一番よかったのだろうが、起きてしまったことを後悔してもどうしようもない。

「後継者の問題は、弟さんが結婚して子どもができれば解決できそう、ということですね。では、奥様とはどうなさりたいのでしょうか」

『妻とは……別れたいです。こんな男の妻でいるより彼女にとってもその方がいい』

　一馬は弱々しい声でそう言った。

　千早もそれが一番の解決策だと思う。妻への申し訳なさ、誰にも理解してもらえない苦しみが毎日続き、一馬はかなり追い詰められているようだ。

「そうですね……でも、奥様に打ち明けるのは、簡単ではありませんものね」

彼もわかっているのだろう。千早に話したところで解決にはならないと。あとは自分で行動を起こすしかないのだと。

『はい……あ、すみません、このあと仕事が……』

「いえ、よろしければ、またお電話をください。話しにくければチャットでも構いませんから。一ノ瀬を呼びだしていただければ。もちろんほかの担当でも構いません」

『ありがとうございます。聞いてもらえるだけで楽になりました。今まで誰にも言えなかったので。また、電話します』

そう言って、一馬からの初めての電話は切られたのだった。


それから、一、二週間に一度のペースで一馬から電話があった。

名前を伝えていたからか、それともべつの相談員に同じ内容を説明する気になれなかったのか、彼は千早を指名してきた。

彼から話を聞けば聞くほどに、千早は父と一馬を重ねて見てしまっていた。

『同性と浮気？　一ノ瀬さんのお父さんがですか？』

「ええ、だからでしょうか……一馬さんの話を聞いて、他人事だとは思えなくて」

千早は、当時の父の苦しさを、一馬を通して知ったような気持ちになった。一馬もまた、自分と同じ境遇にあった千早の父に共感を覚えたようだった。

「連絡を取っていないので、母と私の想像でしかありませんが……浮気は父のSOSだったんじゃないかと思っています。離婚したあとも、私の養育費は大学院を卒業するまで払ってくれていましたし、母と私が暮らすのに十分な額でしたから」

『一ノ瀬さんのお母さんは、その、お父さんのことを恨まなかったんでしょうか』

「恨んだと思います。私はまだ小さかったし、母は父を愛していましたから」

『そうですよね……許されたいなんて、罰があたりますね』

一馬は罪悪感からか深いため息を漏らす。

「でも……あのまま結婚生活を続けていたら、父はもっと追い詰められていたかもしれませんから、早くに別れられて双方にとってよかったんだと、私は思っています。一馬さんがどうするべきか、という話は私にはできませんが、まずは信頼できるご家族に打ち明けて一緒に考えてもらうのがいいのではないかと思います」

『信頼できる家族か……理にならう』

しかしまだ、妻にすべてを話し離婚を切りだす決意には至らないようだ。

『……ちょっと、考えてみます。いつもありがとう』

電話でしか話したことがなくとも、千早は一馬にいつの間にか仲間意識のようなものを抱いていた。

通話が終わり、千早はヘッドセットを外して、だらしなく椅子にもたれかかる。両腕を上げて伸びをすると、凝り固まった肩に血が巡っていくような感覚がする。

「一ノ瀬さん、いつもの方？」

「あ、所長……はい、そうです」

「君のご家族の事情を話していたみたいだけど……あまり、のめり込み過ぎないようにね。一ノ瀬さんが辛くなるよ」

「はい……わかっています」

相談者相手に自分の事情を話すなんて普通はしない。高梨の言う通り、父の件があったとしても、一馬に対してだけ親身になり過ぎだとわかっている。

ただ、一馬の話を聞いていると、当時の父の苦しみに触れたような気になってしまう。今、父がどうしているかもわからないし、会いたいとも思わないけれど、幸せでいてくれたらとは思うのだ。

一馬に明るい未来を示すことで、差し出がましくも間接的に父をも救っているような気になっているのかもしれない。


それから半年。千早は意外な形で一馬と顔を合わせることとなった。

千早はその日、目黒にあるホテルで、友人たちと桜のアフタヌーンティーを楽しんでいた。庭園の桜は見頃を迎えており、ラウンジからよく見える。

「千早、仕事はもう慣れた？」

「あっ、もう一年経つんだ！　早いねぇ」

そう聞いてきたのは、高校時代の友人、晴だ。続けたのは、同じく高校時代の友人の沙苗である。

「うん、みんないい人たちばかりだから、なんとかやってるよ」

「でも大変じゃない？　人の相談を聞くって。自分の言葉で誰かの人生を左右しちゃうかもしれないと思うと少し怖いね」

晴が言うと、沙苗も「たしかに」と頷く。二人は、千早の家庭の事情も、どうして臨床心理士になったのかも知っている。

「もちろん大変なこともあるけどね。私の言葉で誰かを元気づけられたら、少しでもその人が前向きに考えてくれたら、やっぱり嬉しいよ」

偽善だ、あんたになんてわからない、と言われることも多いが、同じだけ「ありがとう」と言われることも多い。資格を取ったのは父の件がきっかけだが、やはりこの仕事をしていてよかったと思うのだ。

「どういう相談が多いの？　姑と上手くいってないって愚痴とか？」

「ありそう～」

沙苗の言葉に晴が笑った。相談内容は人によって様々だ。千早からすると「そんなことで」と思ってしまうようなものもある。けれど、その苦しみは本人にしかわからない。

「ん～まぁいろいろだね。相談者さんのプライバシーに関わるから言えないけど」

「ふぅん、私も悩んだら、千早に相談に乗ってもらお」

「沙苗は悩むことないでしょ！」

「失礼な！　私だっていろいろ悩みます！」

「たとえば？」

「えっと、ケーキ食べ過ぎて太っちゃう、とか？　彼氏にお腹の肉を摘まれたとか？」

くだらない、と晴がツッコみ、二人の掛け合いに千早も笑った。

話が一段落したタイミングでガラス窓いっぱいに広がる庭園を眺める。千早の視線に釣られるように友人たちも庭園に咲く桜を眺めながら、ほぅっと感嘆の息を漏らした。

「……気に入った？」

そのタイミングで斜め向かいに座る客の声がふいに聞こえてきて、ここ最近聞き慣れていたものにそっくりの声に、千早は思わず目を向けた。座っているのは三十代前半くらいの男女だ。

「ええ、素敵ね。こんなところで結婚記念日を過ごせるなんて嬉しいわ。連れてきてくれてありがとう」

「いや、いつも君には家のことを任せきりにしてしまって、負担ばかりかけているから。このくらいしかできなくてすまないね」

聞き覚えがあるのは男性の声。顔を見たことがなくとも、半年間、二週間に一度は電話で話していれば、その話し方や声質で誰からの電話なのか判断できる。

（もしかして、一馬さん……？）

整った顔立ちながらも優しげな風貌をした男性は、きっちりと首までボタンを留めたワイシャツにネクタイ、スラックスという出で立ちだ。色素が薄いのか自然な茶色の髪を中央で分けている。男性ではあるが、思わず守ってあげたくなるような線の細さだ。

隣に座る女性は妻だろうか。胸元の大きく開いたネイビーのドレスがよく似合う艶のある美人だが、ものすごく気が強そうだ。

見せ方をよく知っている化粧の仕方で、頭の先から足先までいっさいの隙がない。豊満な胸を強調するようなドレスは、彼女を非常に魅惑的に見せている。

千早はそちらばかり見て不審に思われないよう、周囲を見回すふりをして窓の外に目を向けた。

友人らの話に相槌を打ちながらも、つい彼らの話に耳をそばだててしまう。

「それはいいけど。今日もお仕事なの？　病院はお休みなんでしょ？」

「父さんから院長を引き継いだばかりで、まだ慣れなくてね。普段はできない書類仕事が溜まってしまっているんだ。いつもすまない……」

「そう、それなら仕方がないわね。来年の結婚記念日には、一緒に泊まってくれる？」

「……そう、だね。そうできたらいいね」

一馬と思われる男性は、妻から申し訳なさそうに目を逸らした。そのとき、千早と目が合うと、彼が泣きそうに顔を歪ませた。

おそらく一馬もまた、千早に気づいていたのだろう。

だが、この場で声をかけるわけにはいかない。

声をかけて千早の立場を説明すれば、自ずと一馬の相談内容にも触れなければならなくなる。それだけは絶対に避けなければならない。

それから三十分ほど二人は話をして、千早より先にラウンジを出ていった。

一馬が心配でつい背中を目で追ってしまうが、どうしようもないことだ。妻と一緒にいる一馬に声をかけるわけにもいかないのだから。

「ラストオーダーになりますが、お飲み物はいかがなさいますか？」

スタッフに聞かれて、すでに満腹だったため、皆、お代わりを断った。

「あ～楽しかったねぇ。また来ようね」

お腹を摩りながらそう言う沙苗に、千早は笑みを向けながら頷く。

「ね、夏辺りにまた会おう」

「おぉ、いいねいいね」

このあとはウィンドウショッピングでもして帰ろうかという話になっていた。

千早は自分の分の会計を済ませて、友人たちに声をかけてラウンジの外に出る。するとフロント前に並んだソファーの一つに腰かける一馬の姿に気付いた。彼の目は自分に向いており、助けを求めるようなその視線から、千早を待っていたのだとすぐにわかった。

千早はレジで会計をしている友人たちに声をかける。

「沙苗、晴、ごめんっ！　なんか猛烈にお腹が痛くなってきたから、私、今日はトイレに行ってもう帰るね」

「え、えっ、大丈夫⁉」

「薬買って来ようかっ⁉」

「大丈夫っ！　ごめん、またね！」

化粧室に急いでいるというように腹を押さえると、友人たちは心配そうにしながらも手を振ってくれた。

千早は一馬に視線を送り、周囲に見られないように化粧室を指差し、歩きだす。軽く頷いた一馬が千早を追うように立ち上がった。

化粧室近くにある売店の前で足を止めて千早が振り返ると、後ろから近づいてきていた一馬も足を止める。千早が会釈をすると、一馬は安心したように顔を綻ばせた。

「すみません、お友だちと一緒だったのに。一ノ瀬さん、ですよね？」

一馬は苦笑しながら頭をかいた。

「ええ、そうです。一馬さんでお間違いないですか？」

「よかった、気づいてくれてたんですね。不審者だと思われたらどうしようかと」

「声でわかりましたよ」

「僕もです」

「それで、あの……話しにくいことなら言わなくて構いませんが……奥様は？」

二人で立ち話をしているところを見られれば、さらに一馬を追い詰めてしまうことになりかねない。千早が聞くと、こちらを安心させるように一馬が言った。

「大丈夫です。今頃エステを受けていると思いますから。彼女一人で予約を取ったので」

「そうですか。結婚記念日、だったんですもんね」

誰が聞いているかわからない場所で、詳しい話を聞くわけにはいかず、不自然に会話が止まってしまう。すると、どうしようかと逡巡した様子の一馬が、先に口を開いた。

「あの……」

「はい」

「もしこのあと時間が空いていたら、話を聞いてくれませんか？　非常識なことを言っているのはわかっているし、断ってくれてもいい。でも、一ノ瀬さんと、直接話してみたいってずっと思っていて。あ、もちろん、そういう意味では……」

「わかってますよ。それはもちろん構いません……でも、どこで？　あまり人目につくのは一馬さんの立場的にもまずいでしょうし」

話の内容的に、誰にも聞かれない方がいいだろう。彼がいつもどこで『心のお悩み相談室』に電話をしていたのかはわからないが、周囲からなにかの音が聞こえたことはない。

「あ、ええと……もし、一ノ瀬さんがよければ、なんですけど」

「はい」

彼は焦ったように目を泳がせながら、申し訳なさそうに肩を落として呟いた。

「僕が、いつも泊まっているホテルがこの近くにありまして、よければそこで」

「ホテル」

思わずオウム返しすると、一馬は恥ずかしそうに俯いた。自分が非常識なことを言っている自覚はあるのだろう。

「すみません、本当にそういうつもりではなく」

「あ～、えっと、少し驚いただけなので、いいですよ」

深入りし過ぎなのはわかっていたし、電話でしか話したことのない相手をどこまで信用できるかという警戒心ももちろんあったが、先ほど見た一馬の苦しげな顔が気になり、放っておくことはできなかった。

「こんな風に誘うつもりはなかったんですけど、一ノ瀬さん、さっきの店でお友だちに相談内容について聞かれてたでしょう？　もしかして僕の話をするかもしれないと少し疑いました。でも君は、言えないときっぱり断ってくれた。それが嬉しくて」

一馬は言葉を句切り、千早を真っ直ぐに見つめた。

「それに、電話で話すうちに、勝手に友人のように思ってしまったんです。一ノ瀬さんは仕事で僕の話を聞いてくれていたに過ぎないのに……申し訳ない」

「いえ、私も一馬さんと話をするうちに、友人のように思っていたので、お話をするだけでしたら大丈夫です。あ、丁寧な口調も必要ないですよ」

千早が顔の前で手を振りながら言うと、一馬は強張っていた肩から力を抜いた。

「ありがとう。お礼になるかはわからないけど、ルームサービスで好きなものを頼んでもらって構わないから。あ、時給も払った方がいいかな」

「友人と話すのに、お金をもらう人なんていませんよ。でも、ルームサービスは甘えちゃおうかな。さっきアフタヌーンティーでケーキをいただいたばかりなんですけどね」

千早が気を使わせないようにそう言ったとわかったのだろう。一馬の顔が綻んだ。

「ありがとう」

一馬が自分がよく宿泊しているホテルに妻を連れていかなかったのは、自分の逃げ場所を知られたくないという本能的な拒絶だろう。

ホテルに着くと、一馬はフロントで手続きすることなく、千早を部屋に案内した。

「ここに泊まって長いんですか？」

エレベーターの中で聞くと、一馬が頷いた。

「うん、職場が近いから、昼休みや夜はここに帰ってきてるんだ。でも二週間に一度くらいは妻に怪しまれないように家に行くけど」

エレベーターのドアが開き、部屋に案内するために一馬が先に降りた。足が沈むような重厚な絨毯の上を歩いていくと、一つのドアの前で一馬が立ち止まる。

（大丈夫……だよね）

一馬は女性に対して性的興味を持てないのだとわかってはいても、男性とホテルに入ることさえ初めての千早はどうしたって緊張する。

カードキーで鍵を開けて、ドアを開く。

「入って……ってどうかした？」

一馬に促されるが、足を踏み出すのを一瞬、ためらってしまう。

「あ、いえ」

一馬は、千早の強張った顔になにかを察したのか、一度ドアを閉めた。オートロックだからかちゃんと鍵がかかる。

「無理をしなくて大丈夫だよ。非常識なのは僕の方だから……怖がらせちゃってごめん」

「あ、いえ……一馬さんを疑っているわけではないんです。実は、男性とホテルに入るのが初めてで、ちょっと緊張してしまって」

苦笑しながらも正直に言うと、一馬もまた安心したように息をついた。

「そっか。それは、思い至らなくてごめん。どこかべつのところがいいかな……」

一馬は顎に手を当てて考える。

カラオケや、個室のあるレストランでもいいと思うが、話の内容的にもやはり落ち着ける場所がいいだろう。

「大丈夫です。友人とホテルで話をするだけですから」

「……誓って、一ノ瀬さんにはなにもしない」

「はい、わかってます」

もう一度ドアを開けてもらい、千早は室内に足を踏み入れた。

一馬が泊まっているのはスイートルームの一つのようで、入ってすぐの部屋はソファーとテーブルが置いてあるリビングだった。寝室は見えない造りになっている。

「一ノ瀬さん、これメニューだよ。なに頼む？　本当になんでも好きなのを頼んでね。僕はお寿司にしようかな。ずっと緊張していたから食べた気がしなくてさ」

「じゃあ、私もお寿司で。少なめにしていただけると嬉しいです」

正直に言えば、先ほどのアフタヌーンティーで満腹だったが、千早が遠慮すれば一馬も話しにくいだろう。

「わかった」

頼んだ料理が部屋に運ばれてくると、二人で様々な話をした。

最初会社を経営しているとうそをついたが、本当は個人病院を経営していることや、名字を名乗れなかったことを詫びられ、その場で個人的な連絡先を名刺の裏に書いてくれた。

千早がずっと彼を「一馬さん」と呼んでいたからか、名前で呼んでもいいかと尋ねられた。相手が男性であっても、一馬に下心がないのはわかっているから、変な気を回さずに済む。二時間も話す頃には、ずっと昔からの友人のような気さえしていた。

「そういえば、理さんとは会えましたか？」

千早は、彼の弟である理に打ち明ければと一馬に提案していた。一馬から話を聞く限り、家族の中では弟に一番信頼を置いているようだったからだ。

「いや、千早のところに電話してから、一度も会えてないんだ。仕事柄、忙しくてね」

理は、一馬の二歳下。一馬が現在三十五歳で弟の理は三十三歳だと聞く。

心臓外科医で、一年前までアメリカに留学していたが帰国し、現在は友育医療センターの外科に勤務していると一馬は話した。

「そうですか」

忙しいとは聞いていたが、それなら納得だ。どうやら病院に泊まり込む日も多いようで、病院近くにある自宅マンションにもほとんど帰れないようだ。

「だから、なかなか話す機会も作れなくて。電話で……とも思ったんだけどさ、電話の向こうで理がどんな顔をしてるのかを考えると、怖いんだ。理に話せばって言ってくれたのにね、ごめん」

「そんな簡単に話せることじゃないってわかってます。ずっと一人で抱えてきたことなんですから、時間がかかって当たり前ですよ」

「ありがとう。あ、帰ってこないけど、理から週に一度は家族のグループメッセージに連絡があるよ。なんだか生存確認みたいなメッセージで笑っちゃうんだけど」

ほらと、メッセージ画面を見せられて、たしかにと笑いが漏れる。そこには『忙しいが生きてる』とだけ書かれていた。

「話だけ聞いてると、ご兄弟で全然違うタイプですよね」

「そうだね、顔も似てないよ。写真見る？」

「ぜひ」

一馬はスマートフォンの画像フォルダを開き、家族であろう男女数人で写っている写真を画面に表示させた。そして、弟と思われる男性を指差す。

そこに写っていたのは、驚くほどの美形だ。たしかに兄である一馬とは似ても似つかない。雰囲気がまるで違うのだ。目つきが鋭いからだろうか、一見すると近づきがたそうだが、一馬と一緒に写る理は優しい顔をしていて、二人の仲の良さが滲みでている。

「イケメンでびっくりした？」

「はい、たしかに」

千早が肯定すると、一馬がおかしそうに笑った。

「小さい頃さ、理の近くにいると、僕、しょっちゅう妹だと間違えられてたんだよ。僕が女顔ってわけじゃなくて、理が凛々し過ぎるからなんだけど。全然似てないでしょ？」

ひょろりとした一馬と違い、理は体軀も立派だ。小さい頃の話も頷ける。

「一見しただけじゃご兄弟とは見抜けないかもしれません。一馬さんはお母様似でしょうか。理さんはお父様似？」

「そうそう。見た目が父似だから初めて会う人には怖がられるみたい。あまり笑うタイプじゃないのにさ、患者さんのために笑顔の練習したんだって。頑固なところはあるけどね、話すとすごく優しいよ」

一馬からの電話の内容は、妻との今後の話が一番多かったが、二番目によく登場するのが理だった。

幼い頃から兄を守ってくれる弟だった。スポーツが好きなガキ大将。口は悪く、ぶっきらぼうなところはあるが、本質は優しいのだと、一馬の口から何度も聞いた。

そのときは、理が心臓外科医であることも、友育医療センターに勤務していることも伏せられていたし、もちろん顔を見たこともなかった。

しかし、話を聞いているうちに、一馬だけではなく理についても勝手に知った気になってしまっていたのだと今さら気づく。

その相手がまさかこれほどの美形だなんて思ってもおらず、頭の中に描いていたマッチョ像がガラガラと崩れつつも、写真に写る理からなかなか目が離せなかった。

「千早は、理みたいなのがタイプ？」

「いえ……タイプとか、よくわかりません」

一馬にずばりと言われて、動揺を顔に出さないようにするのに苦労した。

「どうして？　今まで好きになった人くらいはいるでしょ？」

「お恥ずかしながら、恋愛とは無縁でしたので、男の人との関わりすらなかったんです。職場に同年代の男性はいませんし」

「そっか。最近は恋愛をしない二十代も珍しくないもんね」

「一馬さんは、好きな人いるんですか？」

理がタイプという話をどこかに逸らしたくて聞くと、一馬は驚いた顔をしながらも嬉しそうに頷いた。

「……僕、千早のそういうところが好きだな」

「え、どういうところです？」

「僕が男性しか好きになれないって知っていて、なんでもないことみたいに好きな人の話題を振ってくれる人って、なかなかいないと思うよ」

千早が目を見開くと、一馬は照れた顔をしながらはにかんだ。年上なのに一馬が可愛く思えて、千早もほっこりする。

一馬の恋愛対象が男性であると知ったとき、驚きながらも忌避感はまったくなかった。だからつい、友人に聞くように恋愛話を振っただけだ。

「好きな人がいてもいなくても、そもそも僕は結婚してるから、妻に対して不誠実なことはできないよね。気持ちがどうであれ、さ」

「それもそうですね」

「もっと見る？　理の写真」

「いえっ、あの、私は……そういうんじゃ」

必死に否定すればするほど怪しまれるとわかっているのに、真っ赤になった顔は隠しようがなかった。

「まぁいいからいいから。これは……何年前かな……」

一馬は、画面をスクロールし理と二人で写った写真をたくさん見せてくれた。今よりもかなり若いから、何年も前の写真だろう。

（家族の写真が多いな……理さんと、本当に仲がいいんだ）

それほど一馬にとって家族は大事な存在なのだろう。

その大事な家族に隠し事をしているのは、相当なストレスのはずだ。やはりカミングアウトのタイミングは慎重に検討してもらわなければ。

「兄弟げんかとかなさそうですね」

そう聞くと、一馬は嬉しそうに頷いた。

「理は、幼い頃本当にやんちゃで手がかかる子でね。やられたら百倍返しにするから、母はしょっちゅう相手の親に平謝りしていたよ。でもね、理がけんかっ早かったのは、やられっぱなしの僕の代わりに仕返ししてくれただけなんだよ。それなのに言い訳一つしないから、理だけが怒られることになっちゃって」

「優しい人なんですね。一馬さんが信頼するのもわかります。理さんと、会って話ができるといいですよね」

「そうだね……年末年始も実家に帰ってこなかったし、倒れやしないかと心配してるんだよ。でも本人は『問題ない』ばかりでね。できれば、理に話すときは、千早にもそばにいてほしいって思うんだけど……」

「私はもちろん構いませんが、そこまでお忙しいと、お時間をいただくのが難しいですね」

もしかしたら理に会う機会があるかもしれないと気持ちが浮き立つ。そんな下心めいた感情に驚いた。それではまるで一馬をだしに理に会いたいみたいではないか。

（そんなんじゃないけど……）

会ってみたい、と思ったのはたしかだ。

けれどそれは一馬の問題解決のために理に協力を仰げればと思っていただけだ。しかし、そんな考えすら言い訳に思えてくる。

「千早は、理に話した方がいいって、思うんだよね？」

確認するように問われて、千早はしっかりと頷いた。

「はい、タイミングを見て、とは思いますね。私は、一馬さんから聞く理さんしか知りませんが、理さんは、正義感が強くて、優しくて、仕事への責任感もある人だと感じました。理さんなら、一馬さんが抱えている苦しみを知ったとしても、笑い飛ばしそうだなと」

「ははっ、そうだね。千早はよくわかってる。理と気が合いそうだね」

千早は赤くなりそうな頬を誤魔化すようにこほんと咳払いをして、一馬に伝えた。

「急いで決断することではないと思いますが、お伺いした奥様の性格を考えますと、やはり、なるべく早めに理さんに協力していただくのがいいかと思います」

「わかった……考えてみるよ。でもね、最近は妻が、その」

「……？」

彼がなにやら言いにくそうに目を逸らす。すると「こういう話を妙齢の女性にするのは、申し訳ないんだけど」と前置きして一馬が話しだした。

「……あのさ、求めて、こなくなったんだよね」

なにを、と聞くまでもなかった。

千早に申し訳ないと言うからには、男女の肉体関係に関わることだろう。

「そうだったんですか。もし話しにくければいいのですが、なにかきっかけが？」

一馬の妻はそれなりの資産家の生まれらしく、お嬢様らしいわがままな気質で、自分が一番でないと気が済まないタチらしい。夜の生活もずいぶんと積極的だったと聞いた。そんな女性が、急に夫との肉体関係を絶つ理由はなんだろう。

「いや、特にきっかけはないんだ。たまに実家に帰ったときは『疲れてる』と謝って、しないようにしてるうちに……としか。僕に見切りをつけてくれたんならいいけど」

一馬に見切りをつけて離婚を申し出てくれればいいが、そう上手くいくとも思えない。このまま逃げ続けたとしても解決にはならないし、一馬が妻との結婚を選んでしまった以上、なんの痛みも伴わない円満離婚なんて現実にはあり得ないのだから。

現実から目を背けたいだけで、本当は一馬だってわかっているだろう。

一馬と連絡先を交換したことで『心のお悩み相談室』に電話がかかってくることはなくなった。

その代わりに、月に二回ほどホテルに足を運んでいる。一馬と会うのは、千早の勤務が終わる夜が多かった。ルームサービスを取って食事をしながら、ただ話すだけ。

一馬が自分に甘えているのを承知で、千早は彼の話を聞いていた。いずれ、理にカミングアウトする決意をしてくれればと思いながらも、急かしはしなかった。

職務を逸脱した関係だということはわかっていたが、一馬と話せば話すほど、どうにかして力になりたいという気持ちは増していった。

自分が未熟だったのだ。それがどういった事態を引き起こすか、考えなかった。

高梨にも『のめり込み過ぎるな』と注意されていたというのに、父の経験をもとに自分なら一馬の力になれるはずだと、このときはそう思い込んでいたのだ。

第二章　鉢合わせ

一馬とホテルで会うようになり二ヶ月ほどが経った頃。

ゴールデンウィーク中は出勤だったため、千早は少し遅い連休をもらっていた。

連休と言っても三日間なのだが、シフト制ではなかなか連続した休みは取れず、家でごろごろするのも久しぶりだ。

今日の夕飯は実家で祖母と母と食べようか、と考えていたとき、タイミングよく母から電話がかかってきた。

「えっ、骨折!?　おばあちゃん大丈夫なの？」

友人と日帰り旅行をしていた祖母が、旅先で階段から落ちて骨折したらしい。母は病院に出かける前に千早に連絡をくれたのか、急いでいるような荒い息遣いが電話の向こうから聞こえてくる。

祖父はかなり前に亡くなっており、千早が社会人になり家を出てからは、高齢の祖母一人で生活するのも心配だと、実家で母と祖母が一緒に暮らすようになった。

祖母は八十代だがまだまだ元気で、生命保険会社の営業として働く忙しい母に代わってほとんどの家事を引き受けてくれていた。家でじっとしているのが苦手なため、しょっちゅう出かけているという話を聞いてはいたが、まさか旅行先で骨折とは。

『上腕骨近位……なんとか？　よくわからないけど、肩の辺りを骨折したらしいの。手術が必要みたいで、書類を出さなきゃいけないらしいからこれから行ってくるわ』

「わかった。お母さん、仕事は？　入院はどれくらいになりそう？」

『今日は休みだったの。入院は三日くらいだって。でも、手術が終わってもしばらくはリハビリで一週間に一度程度は通院しないといけないから、悪いんだけど私と交代でおばあちゃんの付き添いをお願いできる？』

「うん、もちろん」

『千早の仕事は平気？』

「時間をずらしてもらうから大丈夫」

一瞬、一馬のことが頭を過ったが、会うのは二週間に一度ほどだから大丈夫だろう。それに彼は、千早に無理をさせてまで話を聞いてほしいと言うタイプでもない。

『よかったわ……一人で通院させるのは心配だったのよ』

「おばあちゃんの様子をあとで教えてね。明日、お見舞いに行くから」

『ええ、わかったわ』

数時間後、母から連絡が来た。手術は明日に決まったが、それを聞いて不安になっているようだから、なるべく一緒にいてあげてほしいと。千早ももちろんそのつもりだ。

翌日の午前中、千早は実家に寄り、祖母のパジャマや下着などをバッグに入れて、病院に向かった。祖母が入院しているのは、品川区内にある友育医療センターだ。

実家は、千早が暮らしているマンションと同じ品川区内で、病院までは電車で二駅だ。駅を出てしばらく歩くと、遊歩道があり、線路沿いに建つ病院まで真っ直ぐに行くことができる。

友育医療センターは地域の包括医療、高度医療を提供している総合病院だ。特に心臓外科の手術件数は全国トップレベルで、各地から患者が集まっていると聞く。

これまで幸いなことに家族全員が大きな病気や怪我をしたこともなく、同じ区内であっても足を運んだことは一度もない。これから先もないだろうと思っていたのだが。

(理さんが働いてるところに、おばあちゃんのお見舞いで行くなんて思わなかった)

入り口から中に入ると広々とした外来受付があり、入院窓口、精算窓口と分かれている。

入院病棟はどこだろうときょろきょろしていると、院内の案内係なのか、制服を着た女性が話しかけてくれた。

「なにかお困りですか？」

「あ、すみません、祖母の入院のお見舞いに来たのですが」

「どちらにかかっていらっしゃいますか？　病棟は外科と内科で階が分かれておりまして」

「外科、だと思います。整形外科」

「外科でしたら、四階ですね。そちらにエレベーターがございますので、そのまま四階に上がっていただいて、病棟の窓口にお声がけください」

「わかりました。ありがとうございます」

四階の外科病棟に行き、祖母の病室を聞いた。

祖母が入院しているのは四人部屋で、祖母のほかには斜め向かいに患者が一人寝ていた。

千早はその人に会釈をして、ベッドに座っている祖母に声をかけた。

「おばあちゃん、怪我はどう？」

「あら、千早。来てくれたの？」

「当たり前でしょう。階段から落ちたって聞いて驚いたんだから……っ」

千早は部屋の隅に置いてある椅子を運び、ベッドの横に置く。

「ちょっとねぇ、足下を見ていなかったのよ」

「頭とか打ってなくてよかったけど、痛むでしょう」

「あははっ、生まれて初めて骨折しちゃった、ごめんねぇ」

「なんで笑ってるの……もう」

祖母は白い三角巾とバンドで腕を固定しているが、元気そうだった。

「これから手術なのよね？」

「そうみたいだねぇ。たかが骨折で身体にメスを入れるなんて、本当に大丈夫かね……」

今まで病気一つしたことのない人だから、手術と言われ余計に不安になったのだろう。

整形外科の医師も説明はきちんとしてくれたはずだが、それでも怖さがあるに違いない。

「手術した方が早く治るって話だったでしょ？　それに、リハビリもその分早く始められるって聞いたわよ」

「そうは言うけどねぇ」

「ずっと寝たまま動かせないのは、おばあちゃんも辛いと思う。それに痛いでしょう？

私は、早くおばあちゃんに良くなってほしいな」

千早がそう言うと、祖母は不安そうにしながらも笑って頷いた。

「通院のときは私かお母さんが付き添うからね」

「いいのに。あなただって仕事が忙しいでしょう？　一人で大丈夫よ」

「お母さんも私もおばあちゃんが心配なだけ」

「また転ぶんじゃないかって？　そんなに老人扱いしないで」

本人は元気なつもりでいても、やはり身体がついてこないこともあるだろう。祖母の年代では、骨折から寝たきりになる人も少なくない。

「そうじゃなくて、まだしばらくは痛みがあるでしょ？　通院のついでに買い物なんかの荷物持ちをするってこと」

「あぁ、たしかにそうね……買い物は困るわ」

祖母は頬に手を当てて、考えもしなかったわ、と言った。

外に出ることが大好きな祖母に、家でずっと安静にしていろとは言えない。

散歩程度なら一人でも大丈夫だと思うが、通院は電車だし、駅周辺は階段やちょっとした段差も多く、心配だ。

「仕事はシフト制だから、どうとでもなるし、こういうときにこそ親孝行させてよ」

「婆孝行でしょう」

「親孝行でいいじゃないの」

そんなくだらない話をしていると、病室の外からストレッチャーの音が聞こえて、誰かが病室に入ってくる。

どうやら手術を終えて一般病棟に移ってきた患者のようだ。

看護師と一緒に病室に入ってきた医師は、一言二言看護師に指示を出すと、後ろを振り返り、ベッドに座る祖母と千早に会釈をした。

（え、うそ……この人）

そこにいたのは、一馬から写真で見せられたその人だった。胸についたネームプレートには〝八木澤〟とある。

（理さん、だよね……一馬さんの弟の。写真で見るより……）

かっこいい、と思ってしまった自分が恥ずかしい。それに、写真で見た以上に背が高くがたいもいい。

それなのに不思議と威圧感を覚えないのは、患者を安心させるような穏やかな笑みを浮かべているからかもしれない。

（そういえば、怖がられるからって、笑顔の練習をしたんだっけ）

それを聞いて、可愛い人だと思ってしまったのは一馬にも内緒だ。

あまり似ていない兄弟だと思っていたが、雰囲気は全然違うのに、こうして笑った顔を近くで見ると、目の辺りは一馬とよく似ている。

つい彼の顔をじっと見てしまうが、見られることに慣れているのか、目が合うとにっこりと微笑みが返される。頬に熱が籠もり、赤くなった頬を見られないように俯きがちに会釈をする。

こちらが一方的に知っているだけなのに馴れ馴れしく話しかけるわけにもいかず黙っていると、同じように理を見ていた祖母が高い声を上げた。

「まぁ～あらあら先生！　すっごいイケメンねぇ！」

祖母の明るさに救われた気がして、千早も笑った。

声をかけられた理は、柔和な顔のまま祖母のベッドに少し近づいた。驚いている様子でもないところを見ると、言われ慣れているのだと感じる。

「そうですか？　ありがとうございます」

「ほら、千早、誰だっけ？　前にやってた医療ドラマの俳優さんに似てない？」

「あ～あの有名なセリフの？」

祖母の好きな医療ドラマと言えばあれだなと千早はすぐに思い至った。それも何度も言われたことがあるらしく、理が俳優の名前を口に出し、祖母が「そうそう！」と頷いた。

「よく言われます。白衣を着てるからだと思うんですけどね。『僕に見えない病気はありません』ってセリフのドラマですよね？」

千早は、ドラマ内で主人公の俳優が毎回必ず口にするセリフを、理が知っていたことに驚いた。一馬の話では、ほとんど家に帰れないほどに忙しいと聞いていたからだ。

本当はそれほど忙しくないのだろうか、と考えて、それはないかと否定する。一馬から、理は心臓外科医だと聞いている。週三日は手術が入っていて、外来、その隙間に勉強と一日が四十八時間あったとしても足りないくらいの忙しさだと言っていた。

よく見れば、目の下にはうっすらとクマがあり疲れているのがわかるし、笑顔も写真で見た笑みとは違う作り物のそれだ。

「ドラマ、観るんですね」

　思わず千早が呟くと、理の目がこちらを向いた。

「あ、失礼しました。お忙しそうなのに、と思って」

「あぁ、たしかにゆっくり全話観ている時間はなかったんですけどね。患者さんからあまりに似てるって言われるので、気になってしまって、タブレットで二倍速で観ました。でも、あんなに華やかな俳優に似てると言われて光栄ですね」

「ふふ、二倍速なんですか」

　二倍速で観るくらいだ。興味があったわけではないのだろう。もしかしたら、患者とのコミュニケーションを円滑にするためにドラマを観たのかもしれない。

（一馬さんが優しいって言うのもわかる）

　今だって、理の担当患者でもないのに、こうして祖母の話に付き合ってくれている。

　千早が頬を緩めると、じっとこちらを見ていた理がどうしてか驚いたような顔をする。

「あ、の？　なにか？」

「あぁ……いや、なんでも」

　理は決まりが悪そうに千早から目を逸らした。その顔に貼りつけたような笑みは浮かんでいない。彼の素顔を垣間見た気がすると、なぜか気持ちが浮き立った。

「でも私はあの俳優より先生の方がイケメンだと思うわ。千早もそう思うでしょ？」

祖母が言うと、彼の目がふたたびこちらを向いた。返事を待たれているのだとわかっているのに、なぜか上手く言葉を返せなかった。いったい自分はどうしたというのか。

口下手でも内気な性格でもないのに、彼に見つめられると、緊張してしまい、いつも自分がどんな風に人と話しているかがわからなくなる。

すると、痺れを切らしたのか、理が聞いてきた。

「あなたも、そう思いますか？」

千早はこくりと唾を飲み込み、ゆっくりと頷いた。

「そうですね……あの、先生は素敵だと思います。でも、疲れているときは、無理をなさらないでくださいね」

思わず余計なことを口走ってしまい、しまったと口元に手を当てた。知り合いでもないのに、疲れているときは無理をするななんて、偉そうに思われなかったか。

千早は窺うように理を見つめた。

「心配してくれてありがとう」

理は驚いた顔をしていたが、先ほどとは違う少年っぽさを残したような顔で笑った。それは一馬が見せてくれた写真に写る顔と同じで、千早の胸がいっそう騒ぐ。

「あ、いえ……余計なことを言いました、すみません。疲れているように、見えたので」

それもまた余計な一言だったと気づく。仕事ではあり得ない失態に戦慄き、穴があったら入りたい心境だ。

それなのに理は、ますます嬉しそうに笑みを深めた。

「今後リハビリの付き添いは、あなたが？」

「ええ、母と交代ですが、そのつもりでいます」

彼の目を見ずに額の辺りに視線を置けば、普通に話すことができそうだ。千早が頷いて言うと、彼が口元に手を当ててぼそりと呟いた。

「……それなら、また会えるかもな」

千早の耳には届かなかった言葉に首を傾げると、元の表情に戻った理になんでもないと微笑まれる。すると、祖母が口を挟んだ。

「私は大丈夫だって言ってるんだけどねぇ。この子と娘が心配性なもんだから」

「いい娘さんとお孫さんじゃないですか」

「ふふふ、先生もそう思う？」

そのあとも、娘と孫を褒められて満更でもない様子の祖母と理の話は続いた。会話が止まったのは、理の胸ポケットに入っている携帯電話が音を立てたときだ。

「あ～っと、すみません、呼びだしだ」

「忙しいのに長話をしちゃったわね。先生、お仕事に戻って」

祖母は、使える方の腕を上げて手を振った。

「手術、頑張ってくださいね。はい、八木澤……」

彼は携帯電話を耳に当てながら病室を出ていった。

千早は、彼の後ろ姿を無意識のうちに目で追ってしまっていた。


千早が理と顔を合わせて話したのはその一回だけだった。

たまに外来の診察室から出てくる理を見かけることはあったが、彼が一患者の家族でしかない千早を覚えているはずもなかったし、千早と同じような視線を向ける患者やその家族は多い。いちいち相手にしていられないだろう。

それでも、病院内で彼の姿を捜すのをやめられない。

理を見かけた日はなんだか嬉しくて、時間が許す限り、祖母の通院に付き添った。

一馬とホテルで会うと、やはり理の話がよく出るが、理と偶然病院で顔を合わせた話はしなかった。一馬に、千早が秘密を漏らすのではという不安を抱かせたくなかったのだ。

千早は、自分の気持ちの変化に気づきながらも、理は相談者である一馬の身内でしかないのだと自分に言い聞かせていた。

好意めいた感情が芽生えているのは自覚していたが、一馬を通してこちらが一方的に知っているだけであり、そんな彼とどうにかなる可能性はないのだから。

そして、一馬とホテルで会うようになり一年近くが経った春。

千早は会社帰りに、一馬から品川区内にある貸し会議室の入るビルに呼びだされていた。

いつもはホテルなのに珍しいこともあるなと思ったし、そのときからいやな予感はしていた。

時間通りに指定されたビルの一室に行くと、そこには顔面蒼白の一馬と、不機嫌そうに眉を寄せた理、いつだったかホテルで見かけた恵美が揃っていた。

なにがあったのかを瞬時に察して、千早は室内に足を踏み入れる。ちらりと一馬を見ると、申し訳なさそうに小さく頭を下げられた。

「一ノ瀬千早さん？」

理は当然、千早を覚えていなそうだったし、病院で話しかけてくれたときと違い、苦々しい表情でこちらを見ていた。

「はい」

「座ってくれ」

理に低く温度のない声で話しかけられて、足が竦みそうになる。

たしかに美形の不機嫌そうな顔も声も患者さんにとっては怖いだろう。こんなときなのに、理が笑顔の練習をしたという話を思い出し、その笑顔をもう二度と向けてもらえないことに胸が痛んだ。

「あんたが！　あんたが一馬さんの不倫相手なのね！」

千早が理の向かい側にある椅子を引き腰かけると、一馬の隣に座った恵美が腹立たしそうに目の前のテーブルを叩いた。ばんっと大きな音がして、肩が震えそうになる。

千早が違うと否定しても、火に油を注ぐだけだろう。千早は黙って頭を下げた。

「なんでなにも言わないのよっ！　証拠はあるんだから！」

一馬の妻である恵美が、自分と一馬の関係を誤解するのも当然だ。

一馬にはそれとなく理や家族へのカミングアウトを勧めていたが、一馬は現状維持を選んだ。恵美が身体を求めてこなくなったことが理由だ。

恵美を妻として愛せはしないが、身体の関係がなければ取り繕える。そうすれば妻に責められることもないし、家族に秘密を打ち明ける必要もない。

そう考えてしまった一馬の気持ちは理解できた。千早は、なぜ恵美が一馬に身体の関係を求めてこなくなったのかを、もっと深く掘り下げて考えるべきだった。

恵美は、千早と一馬が不倫関係にあると考えていたため、ほかの女性を抱いた夫と関係を持つのはプライドが許さなかったのだろう。

「義姉の言う通り、証拠はある。君が兄の不倫相手なんだろう？」

「……違います」

「ならどういう関係だ」

「友人、と言っていいかと」

「それが通用するとでも？　調べはついてるんだ」

　そう言った理の口から、重苦しいため息が漏れた。

「この調査報告書に間違いはあるか？」

　さっさと終わらせたいと言わんばかりに、手に持っていた調査報告書をこちらに投げつけられる。

　千早は、調査報告書を自分の方に引き寄せて目を通す。調査は半年ほど前から始まっており、ずいぶんと詳細に調べられているのがわかった。

　一馬と会った日時はもちろん、部屋に入るところまで写真に収められている。千早は調査報告書を閉じて、目を伏せた。

「いえ、間違いありません」

「なら不倫だと認めるんだな？」

「間違いはありませんが……私と一馬さんは不倫関係ではありません」

　一馬の秘密を漏らすわけにはいかないが、不倫の事実もないのにそれを認めるわけにもいかない。理が苛立つ気持ちもわかるものの、千早にはどうすることもできない。

「またそれか」

理に不倫をするようなふしだらな女だと冷たい目を向けられ、調査報告書を突きつけられても、千早はなにも言わなかった。

今回の件は、自分の軽率な行動が原因だ。

こういう結果を招く可能性を少しも考えなかったのだ。

たとえ仕事をクビになろうが訴えられようが、一馬の秘密は話さないと決めていた。簡単に相談者の秘密を漏らしはしない。

のめり込み過ぎるな、と言った高梨の言葉が思い起こされる。

たしかに千早は、一馬の相談にだけ親身になり過ぎていた。これがその結果だとするならば、責任は自分で取らなければならないだろう。

「これだけ証拠が揃っていてまだ不倫ではないと言い張る気か？　そう言えば逃れられるとでも？　それとも、兄との関係は遊びじゃないとでも言うつもりか」

「一馬さんと私は不倫関係ではありません。言えるのはそれだけです」

言えるのはそれだけ、なんて言葉にするつもりはなかった。言えない事情があるのだと彼に伝えるつもりも。

もしかしたら、理ならばわかってくれるかもしれない、という甘えがあったのかもしれない。理にも恵美にも気づかれなかったことに安堵し、千早は誓約書にサインをした。

（一馬さんは、大丈夫かな）

自分はもう一馬の助けになれない。これを機に理に味方になってもらえればいいが、その決断ができないとしたら、苦しむのは一馬自身だ。

案じるように目を向けていると、一馬もまた千早に縋るような目を向けてくる。自分が男性であったなら、浮気を疑われなかったかもしれないのに。

どこかのタイミングで所長である高梨に引き継ぐべきだった。高梨ならば一馬とホテルで会うような真似は決してしなかっただろう。すべては自分の甘さや至らなさが招いたことでしかない。

千早は一馬の連絡先を消して、一馬も同様にそうした。

スマートフォンを持つ理の手は男性らしく大きい。指が長く、爪は綺麗に切りそろえられている。

スマートフォンを返される際、千早の手と理の手が触れそうになり、そんなことにも動揺してしまう自分がおかしかった。

そしてようやく話し合いが終わると、誓約書を手にした理が立ち上がった。

「次は法的措置も辞さない。愚かな真似はするなよ？　行こう、兄さん、義姉さん」

ひときわ冷ややかな目を向けられて、誤解だと言ってしまいたくなる。

一馬から見せてもらっていた写真でさえも、二度と彼の笑顔を見られる日は来ないのだと思うと、苦しさと後悔が押し寄せてくる。それでも口を開くことはできない。

足下の覚束ない一馬を支えるようにして理が出ていった。

すると、これまで必死に怒りを抑えていたであろう恵美が立ち上がり、テーブルの中央に置いてある電源タップを鷲掴みにした。

思わず目を瞑った瞬間、額にじんとした痛みが走った。目を開けると、電源タップが近くに落ちている。

まだ殴り足りなそうにする恵美を理が押さえて、部屋の外に連れていった。

(痛い……)

額を押さえて俯くが、千早を心配してくれる人などいない。

一馬の件を打ち明けてしまえばよかったのでは、と考えてしまう自分もいて、それはだめだと首を振る。

(……訴えられなかっただけ、よかった。一馬さんの秘密を守れる)

頃合いを見てこの部屋から出よう。そう思っていると、ふたたび会議室のドアが開き、理が戻ってきた。

「身内がすまなかった。額を見せてみろ」

理は千早の近くに膝を突くと、額を押さえている手を摑んだ。

まさか彼が戻ってきてくれるとは思わなかった。自分の甘さが招いた結果だとわかっていても、胸が詰まり、彼の優しさに泣きそうになる。

「……切れてはいないな。大丈夫か？」

顔を覗き込まれて、理と間近で目が合った。

目に涙が滲んでいるのは、痛みのせいだと思ってくれたのか、なにも言われなかった。

「大丈夫です。ご迷惑をおかけして申し訳ありませんでした」

これ以上、理と一緒にいれば、違うのだと言ってしまいそうだった。

千早はすぐさま立ち上がり、顔を見られないように深く頭を下げた。

「何日も痛みが残るようだったら病院に」

「わかりました」

「じゃあ」

彼が背を向けたのを見計らい、顔を上げた。

もう二度と会うこともない。そう思うと、名残惜しげにいつまでもその背中を見つめてしまう。

後日、千早は理事長に呼びだしを受け、事の顛末を説明することになった。

相談者から連絡を受ければ、当然、その内容をデータとして残している。

理事長からも所長の高梨からもお叱りを受けた。しかし、千早の行動は問題であっても、懲戒処分に値するほどではないという判断が下された。

数ヶ月の減給処分を言い渡されたが、千早は退職を選んだ。千早が職を失うくらいの罰がなければ、恵美の怒りが収まらないと思ったのだ。

だから、理とはもう二度と会うことはない——そう思っていたのに。

第三章　理との再会

千早が『心のお悩み相談室』を退職して三ヶ月が経った。

日に日に暑さを増し、じりじりと夏が近づいているのを感じる六月上旬。

千早は自宅で届いたばかりの『今後一層のご活躍をお祈り申し上げます』というメールの一文を見てため息を漏らした。

千早の部屋は、六畳一間のロフト付きワンルームだが、家賃は九万円とそれなりに高い。

実家も近いし、頻繁に祖母のご飯を食べに行けるため、食費はそこまでかからないが、いつまでも無職でいられるわけもなかった。

「あ～こっちはだめだったか……もう一件からは面接の連絡が来るといいけど」

就職活動は上手くいっているとは言いがたい。

ＮＰＯ法人『心のお悩み相談室』で働いたのは丸二年。

元の職場のような心のケアを専門とする職場があればと思い、メンタルクリニックと近場の心療内科の募集に応募したが、早過ぎる退職のせいか書類選考で落とされてしまう。なんとか面接までこぎ着けたところからも不採用の連絡だ。

元の職場では、千早なりに精一杯、心の問題を抱えている人たちに寄り添ってきたつもりだ。一馬との不倫の誤解を解かなかったことについては、いっさい後悔はしていない。

(ホテルで会うなんてバカなことをしたって思うけど……後悔はしてない。一馬さんは吐きだせる場が……気を抜ける場所が必要だった)

一年半前、一馬が『心のお悩み相談室』に連絡をしたのは、本当に限界を感じてのことだったのだと思う。誰にも言えなくて、苦しくて、助けてほしくて、自分を知らない誰かにさえ縋ってしまうほど追い詰められていた。

不倫だと誤解されたあと、一馬はどうしているだろうか。

千早はあれから一馬に会っていないし、連絡も受けていない。理に話ができていればいいが、その可能性は低い。誤解が解けたなら、一馬から千早に一報が入るはずだ。そのくらいの信頼関係はあった。

(一馬さん、追い詰められてなきゃいいんだけど……)

これを機に妻に打ち明けられていたら離婚も叶うかもしれない。けれど、一馬の性格を考えると、言えずに苦しんでいる可能性の方が高いのではないかと思った。

「だめだ……人のことより、今は働くところを見つけないと！」

不倫関係だと誤解されている千早にできることは、もはやなにもない。貯金があるにしても、早く働き場所を見つけなければ、人を心配している場合でもなくなる。

千早はインターネットを立ち上げ求人募集を探していく。

そろそろ昼食の時間だが、最近はずっと家にいるため、あまり腹も減らない。少しでも食べなければ気力も湧かないかとゼリー飲料を啜った。

いくつか条件に合う募集を見つけたため応募していると、テーブルに置いたスマートフォンが着信を知らせた。

友人や家族とはＳＮＳのメッセージでのやり取りがほとんどで、あの日、連絡先を消すまでは一馬からの電話が多かった。

誰からだろうとスマートフォンを見ると、画面には〝公衆電話〟の文字。もしかしたらという予感があり、千早は慌てて電話に出た。

「もしもし？」

千早が応答すると、電話の向こうから息を呑む音が聞こえた。

「あの？」

『……千早？　僕だよ、一馬』

聞き慣れたその声に驚くこともなく、やはりと思う。

「一馬さん、電話して、大丈夫なんですか？」

電話が携帯番号からではないのは、恵美に疑われているからだろう。もしかしたら、スマートフォンを奪われている可能性もある。

『うん、大丈夫。仕事の帰りに外からかけてるから。連絡するのが遅くなってごめん』

「いえ……電話をもらえると思ってませんでしたから。ところで、あれから、どうなりました？」

千早が聞くと、疲れたようなため息が電話口から聞こえてくる。一馬の声は今まで聞いたこともないほど沈んでおり、なんだかいやな予感がする。

『こっちは大丈夫だよ、スマホを取られたくらいかな。それより、この間は本当に申し訳なかった。千早の職場に連絡をしたら、退職したと聞いて……それだけ、謝りたかったんだ。僕のせいで、ごめんね』

「退職は私の決断ですから、一馬さんのせいじゃありません。それに、あなたの助けになりたいと思ってしたことでしたが、むしろ私こそ、一馬さんを追い詰めていたのではと」

『いや、そんなことはないよ。千早に話を聞いてもらって、僕は救われていたんだよ、本当にね』

一馬はそう言うとため息をついた。

『……それだけ、じゃあ』

覇気のない一馬の声に、千早はわけのわからない焦燥感に襲われ、電話が切られる前に慌てて話を続けた。

「あのっ、一馬さん、今、どちらにいらっしゃるんですか？」

『あれからずっと、ホテルにいるよ。家に帰りたくなくて』

「そうでしたか。ちゃんと食事はしていますか？　眠れていますか？」

千早の問いに返事はなかった。今の一馬は危うい気がする。

もっと前に理に協力を仰げていたらこんなことにはならなかったかもしれない。今さらなにを考えたところで過去は変わらないが、自分の詰めの甘さを心底恨んだ。

「今からそちらに行きます。いつものホテルですか？」

『いや、駅の反対側のホテルだよ。結婚記念日に千早と会ったホテル』

「あそこですか。わかりました。なにか食べるものを持って……あ、持ち込みはだめですかね？」

千早が言うと、一馬は聞こえるか聞こえないかというくらいの声で笑った。笑えるだけの元気はありそうだとほっとしていると、一馬が続ける。

『じゃあ、ルームサービスを頼もうか』

「そうですね。またお寿司にでもします？　あ、一馬さんの奢りですよ～」

あえて茶化すように言うと、一馬の声にやや力が戻ってくる。

『わかった、待ってるね……千早』

「はい？」

『ありがとう』

部屋番号を聞き直接向かうことを伝えたあと、電話を切って、千早は急いで支度をした。

一馬と会うのにおしゃれは必要ない。

だが場所が場所だけにデニムにTシャツというわけにもいかず、手早く着られるワンピースを頭から被り、ファンデーションを叩き眉毛を描くと、バッグを掴み急いで外に出た。


仕事をしていないと外に出る用事もない。

ここ最近はずっとハローワークや面接以外で出歩いていなかったため、外の暑さに目眩がしてくる。夏本番はまだなのに、照りつける日射しに肌が焼かれそうだ。

十五時近いからいいかと日焼け止めを塗ってこなかったことを早々に後悔する。都営地下鉄の駅までは徒歩十三分。なるべく日陰を通るようにして駅までの道を歩いた。

地下鉄とJRを乗り継ぎ、目黒にあるホテルへ急ぐ。ここに来るのは、友人たちとのお花見アフタヌーンティー以来だ。

あのとき一馬と初めて顔を合わせたラウンジでは、七夕アフタヌーンティーをやっているようだ。ガラス窓から眺められる庭は一年前と変わらず見事だった。

ラウンジを通り過ぎ、吹き抜けの天井と豪奢な螺旋階段を横目に、客室専用のエレベーターに乗り込む。このホテルの客室階に行くのは初めてで戸惑う。

（そういえば……私、いまだに一馬さんとしかホテルに来たことってないんだな）

ふかふかの絨毯を急いで歩きながら、そんなことを考えた。恋人なんてできる気配は欠片もない。

（恋人か……）

今、頭に浮かんだ彼には、恨まれ、憎まれている。

もう会うこともない人だけれど、一馬の友人として紹介されていたらどうなっていただろうかと考えて、どうもなっていないかとため息が漏れた。

部屋番号が間違いないかを確認しチャイムを押した。室内から音は聞こえてこない。ややあってドアが開けられ、そこにいた男の姿に愕然と立ち尽くす。

（どうして？）

驚く千早になにを思ったのか、彼は憎々しげな目でこちらを睨むと、その端整な顔に怒りをのせて口を開いた。

「やはりな。こんなことだろうと思った」

部屋にいたのは、一馬ではなく理だった。

逃げようとしたわけではない。ただ驚いて反射的に一歩後ずさると、舌打ちをした理に腕を摑まれて、室内に引きずり込まれる。

「あ、の、どうして」

痛いほどに腕を摑まれて、入ってすぐのところにあるリビングルームのソファーに座らされた。千早が逃げると思っているのか、腕を放すつもりはないらしい。千早を座らせて、彼はソファーの前に立っている。

「連絡先を消しただけで信用するはずがないだろう。兄と君の行動は監視させていた。雇った探偵から連絡が来たときは、やっぱりと思ったよ」

「一馬さんは……」

「はっ、こんなときにも兄さんの心配か。ずいぶんと兄は愛されているらしい。だが残念だったな、兄は義姉と会っている」

千早を不倫相手だと思っているからこその当てつけだろう。

(一馬さんが、奥さんと……大丈夫かな)

ただでさえ、千早に電話してきたときの一馬は不安定だった。これ以上、彼を追い詰めないでほしい。けれど、自分の口から一馬の秘密を言うわけにもいかず、もどかしさに唇を嚙みしめる。

「妬ましいか?　君がどれだけ兄を想おうと、兄は義姉と結婚している」

「だから違いますっ!　私と一馬さんは、そういう関係じゃありません!」

一馬に会いたいと言ったところで、この調子では会わせてもらえるとも思えない。スマートフォンも取り上げられてしまったようだし、どこにいるかもわからない。

（どうしよう）

なにもなければそれでいいが、なにかあってからでは遅いのだ。

「一馬さんに、会わせてくれませんか？」

「なにを言っているんだ。会わせるわけがないだろう。二度目があれば法的措置も辞さないと言ったはずだ」

低く冷たい声で言われて、背中を汗が伝う。摑まれた腕がじんじんと痛む。

彼は力を入れている自覚がないのかもしれない。だからこそ、その力の強さから怒りが伝わってくるようで、胸が苦しかった。

「わかって……います」

「わかっている？　それでなぜここに？　君にとってはただの金づるかもしれないが、義姉にとってはただ一人の夫だ。自分の行動を省みて思うことはないのか？」

不誠実な真似はやめろと言っているのだろう。理は、兄と義姉の仲がこれ以上壊れないように守ろうとしているだけだ。彼がどれだけ家族を大事に思っているかが伝わってくる。

それでも、千早は「違う」としか言えない。

「仕事にも真面目に取り組んでいて、相談者からの評判もいいと調査報告書にはあった。

たかが恋愛で仕事にもキャリアにも傷がつく。愚かだと思わないか？」

見下しているような言葉の中に、千早を案じるような響きがある。千早に対して好意的な感情はないはずなのに、愚かだと止めようとしてくれている。

千早がなにも言えずただ首を横に振ると、苛立ったような舌打ちが返される。怒りを向けられ、ますます強く腕を握られて、泣いて縋りついてしまいたくなった。

もしかしたら、すべてを話せば許されるかもしれない。魔が差しそうになるたびに、一馬の顔を思い浮かべる。

「違い……ます」

「君の行動を見て、なにを信じろと？」

患者に向けるものとはまったく違う温かみのない視線に晒されて、千早は喉を鳴らした。

千早がそれ以上なにも言えず黙っていると、摑まれた腕を放されて、乱暴に肩を押されて倒れ込む。千早の両腕を頭上で一括りにまとめ、理がソファーに膝を突いた。

気づいたときには、彼に押し倒されていた。

ソファーがぎしりと軋み、大きな彼の手で顎を摑まれる。指が頰に食い込むほどに強く摑まれ、目と目が合った。

「あ、の……理、さ」

「名前を呼んでいいと誰が言った。あぁ、そうやって弱々しいふりをして、男の懐に入り込んでいるのか。大した手腕だよ。俺には通用しないが」

「違いますっ」

恐怖なのか混乱なのか、千早の目から涙が一滴溢れる。

すると理は、やけに楽しげな顔をして口角を上げると、千早の唇を親指でなぞった。

「そんなに欲求不満なら、俺が相手になってやるよ。人の夫を奪うよりいいだろう。相手をする時間はそれほど取れないが、もういいってくらい満足させてやるさ」

彼がなにを言っているのか、すぐには理解できなかった。瞬きもできずに理を見上げていると、全身にぶるりと震えが走った。

ワンピースのスカートを捲り上げられて、太腿に触れられたのだと気づいたのは、下着を引きずり下ろされている最中のこと。

「な、にを」

「男がほしいんだろ？　くれてやるって言ってるんだ」

さしたる抵抗もできないままショーツを取り払われ、誰にも見せたことのない恥部が露わになる。しかし、両腕を一括りにされているため隠しようがなく、千早の頬は見る見るうちに赤く染まっていく。

「そうやって純情なふりして、兄さんを落としたのか？」

「ち、違い、ます」

恥ずかしさで声を震わせると、それすらも腹立たしいと言わんばかりに、腰の辺りでくしゃくしゃになっていたワンピースを胸元まで持ち上げられた。

ブラジャーのホックを外され、形のいい乳房が晒されると、理が満足げに口の端を上げた。

「あぁ、着痩せするのか。身体は満足できそうだ」

「なっ」

物心ついてから、異性に肌を見られたことはない。それも、こんな風に強引に服を脱がされ、情欲を孕んだ目で見つめられるなんて。

こんなのあまりにひどい。そう思うのに、好意的な視線ではなくても、また理の視界に入れること、また話ができることに心が弾んでしまう。

ホテルで一馬と会いながら、いつか自分に恋人ができたら、こんな素敵なホテルに泊まってみたいと夢を見ていた。

出会いもないし、恋愛に積極的なタイプでもないから、恋人ができる気配など欠片もなかったけれど、その相手が理だったらと考えたことはある。

（あぁ、私……もしかして）

決して、こんな形で触れられたいと望んだわけではなかった。けれど、どんな形でも理に触れてもらえるならと期待している自分がいる。

一馬から話を聞けるだけでも嬉しかった。病院で見かけるだけでも幸せだった。

自分がどうして彼との繋がりを求めていたのか、ようやく気づいた。千早はとっくに理を好きになってしまっていたのだ。

おそらく一馬にはバレバレだったのだろう。一馬が一番に打ち明けるなら理がいいのではと考えていたのはたしかだが、そこに下心がなかったとは言えない。

「ん……っ」

彼の手が乳房を包み、指先が乳首を掠めた。くすぐったいような感覚が胸の先から広がり、意味もなく首を振ってしまう。

「声もなかなかだ」

そう言われて、咄嗟に唇を噛むと、覆い被さってきた理にねっとりと唇を舐められた。唇を啄むように軽く吸われて、すぐ目の前にある端整な顔を言葉もなく見つめる。

「噛むなよ。傷になる」

彼はそう言って、千早の唇に舌を這わせた。

（キス……してる、理さんと）

千早は愕然としながら彼の唇を受け止めた。

彼にひどい言葉ばかりかけられているのに、囁く声は優しくて、屈辱的に感じながらも、抵抗などできない。

むしろ、身動きできないことで、彼に囚われているから仕方がないのだと、自分を許してしまっている。

それに、彼がことさら冷たい言葉を千早にかけるのは、一馬と恵美のためだろう。これ以上家族仲を乱されないために、自分が悪役になろうとしているとも考えられる。

自分の都合のいいように捉えているだけかもしれない。だが、こんなことをされても尚、千早は理を憎めないし、嫌えない。

少しかさついた彼の唇が、ふたたび自分の唇と重なる。ちゅ、ちゅっと軽い水音を立てながら、何度も唇を食まれ、徐々に重なる角度が深まっていく。

千早の抵抗がないことに気づいたのだろう。彼のぬるついた舌が強引に唇を割って滑り込んできた。

「ふっ、んん～」

驚いて目を見開くと、彼もまた探るようにこちらをじっと見つめていた。涙に濡れた目で、それでも負けじと見つめ返すと、口腔をかき混ぜるように舌を動かされる。

「んっ、ん、はぁ」

歯茎や頬裏を舐められ、口の中に唾液がどっと溢れてくる。それが彼の唾液なのか自分のものなのかもわからない。溢れた唾液がくちゅ、くちゅっと音を立てる。

口の中に溜まった唾液を飲み込むと、舌の回りをくるくると舐められ、優しく啜られる。

「はぁ……っ、ん」

唇を重ねているうちに、頭の芯が痺れて、眠りに落ちる直前のような心地好さに包まれる。口の中がこれほど気持ち良いなんて知らなかった。

苦しさのあまり顔を背けるように首を振ると、それを追うように唇が塞がれた。今度は貪るように激しく舌を動かされて、唇の隙間から漏れる自分の息遣いが荒くなっていく。

「はっ、むぅっ……ん、はぁ」

身体が燃え立つように熱い。彼の端整な顔を見ていると、心臓が割れんばかりに高鳴って、悲しくもないのに涙が滲みだす。それが快感によるものだとは知らない。

舌を搦め取られて、口蓋をぬるぬると舐められる。じゅっと音を立てて舌を啜られると、心地好さが膨れ上がり、なにやら身体の芯に熱が灯り始める。

「もっと舌を動かせ。つまらないキスの仕方だな」

恥辱を受けているというのに、千早は諾々とその命令に従ってしまう。彼に言われた通り、おずおずと舌を出し、絡ませる。

「ふぅ、ん、ぅ、はっ、ん」

「下手くそ……こうするんだ」

拙い舌の動きが焦れったかったのか、ますます深く唇を重ね合わされて、口腔を貪られた。舌の上や裏側、舌先を激しく擦り上げられると、腰の辺りがずんと重くなり、足の間がなにやら落ち着かなくなってしまう。

「はぁ……無理、です」

千早が涙に濡れた目で見上げると、もう何度目かわからない舌打ちが返された。

「その反応が手だとしたら、兄さんの気持ちもわからないでもないな」

唇がゆっくりと離れていき、互いの唇に細い糸が伝う。それがぷちりと千切れるのを、千早はぼんやりと見つめていた。

焦点の合わない目で宙を仰いでいると、一括りにされていた両腕が外される。両腕を解放されても、千早はソファーから動かなかった。

彼が自分をどうしようとしているかは察せられたし、それでもいいと思っていたからだ。初めて肌に触れられるのもキスも好きな人にしてもらえる。

たとえその相手に恨まれていたとしても、これっきりだとしても、だからこそ一度くらいはという下心もあったのだろう。

「抵抗しないのか」

彼は腹立たしげに舌打ちをすると、千早の乳房を鷲摑みにする。

「んっ」

大きな手に乳房が包まれ、上下左右に押し回される。指が食い込むほどに、ぐにぐにと揉みしだかれて、痛みのような感覚がじんと響いた。

決して気持ち良いとは言えないのに、理に触れられていると思うだけで、どうしてだか得体の知れない心地好さが湧き上がってくる。

しなやかな指先が柔らかい胸の先端を掠めるように行き来する。乳嘴から痺れるような感覚が広がり、腹の奥の方が落ち着かなくなっていく。

「はぁっ……あっ」

自分の口から漏れる息遣いに甘さが混じり、羞恥で顔が熱くなる。唇を噛むなと言われたばかりだが、我慢していてもおかしな声ばかり漏れそうだ。

鼻でふぅふぅと息をしながら耐えていると、乳嘴を弄る指の動きが速くなり、ソファーの上に投げだした足がびくりと震えた。

「へぇ、感度もいいとは」

感度がいいとか悪いとか、なにもかもが初めての千早にわかるわけがない。ちらりと彼を見上げると、理は眉間にしわを寄せながらも口の端を上げて笑っていた。

相反する二つの感情に戸惑っているような、そんな気配を感じるが、理がなにを思っているのか千早にはわからない。彼の声には欲望めいたものも感じられる。

「ほら、もう勃ってきた」

指先で乳首を捏ねられ、引っ張り上げられる。血液が凝縮したように鮮やかな色に変化した胸の先端は、存在を主張するようにつんと勃ち上がっていた。

「あっ……」

硬く凝った乳首をこりこりと爪弾かれると、突きだすように胸を浮き上がらせてしまう。甘い疼きはもうこらえきれないほど大きくなっており、足の間にじんわりと濡れた感触までしてくると、そういうものなのだと頭でわかってはいても、恥ずかしくてたまらない。

千早が両足をもじもじと擦り合わせていることに気づいたのだろう。彼が千早の太腿の間に手を差し入れて、膝を立たせる。

閉じられないように理の膝が足の間に入り、太腿を開かれると、自分でも見たことのない部分がエアコンのひんやりとした空気に晒された。

「やっ、だめ、です」

抵抗という抵抗もしていなかった千早だが、さすがに恥部をまじまじと見られて、冷静でいられるはずもなかった。咄嗟に手を伸ばして隠そうとするが、いとも簡単に両腕を捉えられてしまう。

「初心なふりなんてしなくていい。ほら、濡れてるじゃないか」

頭の芯まで焼けつくような羞恥で頬が真っ赤に染まる。太腿を閉じようともがいても、彼の足があるため叶わない。

理の顔を見ていられず目を逸らすと、それが気に食わなかったのか、顎を摑まれ正面を向かされる。

「俺になにをされてるのか、しっかり見ておけよ」

艶やかな理の髪が鎖骨を撫でた。くすぐったさに身動ぐと、ぱくりと乳首を咥えられて、千早は仰天する。

「やっ、だめですっ」

「なぜ」

「だって……汚い」

急いでホテルに来たから、千早は汗だくなのだ。唇へのキスならまだしも、汗にまみれた胸を舐められるなんて思っていなかった。

「まるで処女だな。いいから黙ってろ」

「ふっ、あぁっ」

片方の手で乳房を揉みしだきながら、咥えた乳首を舌の上で転がされる。

舌での愛撫は指で触れられるよりもずっと気持ち良くて、恥ずかしいと思うのに、もっとしてほしくて誘うような声が止められなくなる。

根元から舌を這わせて、先端を擦られる。硬く凝る乳首がじんと痺れて、たまらない心地好さに襲われた。

「はっ、あ、それ、だめぇっ」

千早はいやいやと首を振りながら押さえられた腕を振り払い、理の髪に指を差し入れた。

理の真っ直ぐな髪は触り心地もよくて、だめだと言いつつも自分から彼の頭を引き寄せてしまう。

「誘い上手だな。もっとしてってことか？」

先端をちろちろと舐められ、乳首が彼の唾液にまみれ、濡れて光る。ときに強く啜られ、ときにくすぐるように乳輪を優しく舐められると、甘い疼きがひどくなり、腹の奥がきゅっと切なくなる。

「そんな……ことっ、んあぁっ」

乳首を啜られるたびに、頭の先まで突き抜けるような快感が駆け巡り、知らず知らずのうちに立てた膝が揺れる。

「あ、あぁっ、やぁっ」

あられもないところがじんじんと疼き、無意識に腰を浮き上がらせる。千早にのしかかる理の息遣いも荒々しさが増しているとは気づかない。

もどかしげに腰を揺らすと、膝を恥部に押し当てられて、ぐいぐいと擦られた。そうしながらも、乳首への愛撫は止まらない。

「やぁっ、ん」

敏感な部分を刺激され、びくりと腰が跳ねた。ズボン越しに秘裂が擦られ、それが案外気持ちがいいのだと知ると、本能のままに彼の足に淫らなところを押し当ててしまう。

千早にそのつもりはなくとも、その淫らな腰の動きに目の前の男が喉を鳴らした。

「いやらしい女だ」

興奮しきった理の声を聞いていると、辱められているというのに、その声にさえ煽られてしまう。美人でもないし、いい身体だとも思えないが、こんな自分に欲情してくれることに心が満たされる。

「だって……理さん、がっ」

そういえば名前を呼ぶなと言われたんだった。思い出しても、口に出した言葉は戻らない。また怒られるかと思ったのに、彼はなにも言わなかった。

彼は千早の乳首を咥えたまま、片方の手で太腿を撫で上げた。

「あぁっ」

ぞわりと肌が総毛立ち、開いた足が震えた。汗ばんだ手のひらで太腿の内側を幾度となく摩られると、耐えきれず甲高いよがり声を上げてしまう。

「触ってほしいんだろ」

ちゅっと乳首を啜りながら、太腿を撫でていた手をおもむろに付け根の方へと動かし、薄く生えた恥毛に触れてくる。くるくると撫で回されて、くすぐったいような、落ち着かないような感覚に襲われた。

「ん、あっ、やだ」

「俺の足で気持ち良くなろうとしてたくせに？」

誰も聞いていないのに、囁き声で言われて、かっと頬が熱く火照った。

「ちが」

「人のもんにまで手を出すくらいだ。よほどセックスが好きなんだろうな」

恥毛を撫で回していた指で秘裂をなぞられると、下腹部がきゅうっと切なく疼き、奥からなにかが溢れてくる。

「やらしいことを言われて濡らすのかよ。いたぶられるのも好きか？」

指先が蜜口を軽く突き、下肢からちゅくちゅくと音が立った。自分の身体から出ている音だと思いたくなくて足を閉じようともがくが、彼の膝に阻まれる。

「やぁっ、違う」

涙に濡れた目を向けて首を振るが、彼には伝わらない。

どう思われたとしても、初めての相手が彼ならばいいと思っていたが、やはり一馬と肉体関係があったと誤解されるのはいやだった。

「誰とも……こんなの、したこと、ないっ」

「うそをつけ。男と何度もホテルに行くような女が初めてなわけないだろうが」

彼は苛立った口調でそう言い放つと、蜜にまみれた秘裂をゆっくりとなぞっていく。つうっと指を滑らされるだけで、腰がびくびくと跳ねて、首を仰け反らしてしまう。

「ひ、ぁっ」

「ほら、溢れてくる。手のひらまで滴るくらい濡らしておいて、初めてか」

理は苛立ったような顔で口の端を上げた。

「し、知らなっ」

初めてで身体が反応するのは淫乱だと言われているみたいで、身の置き所がなかった。

彼が指を軽く揺らすだけで泡立った愛液がちゅぷちゅぷと音を立てた。

膣の入り口を擦っていた指先が陰唇を捲り上げ、包皮に隠れた淫芽を探し当てた。

「あぁぁっ！」

そこをくにくにと押し込まれるだけで、脳天を貫くような衝撃が突き抜け、開いた膝が硬直した。頭の中で心臓の音がうるさいほど鳴っている。キスや胸への愛撫の比ではない快感が全身に広がり、汗が噴きでてくる。

「はぁ、あぁぁっ」

あられもない声を上げ、はっはっと肩で息をしながら強烈な快感をやり過ごす。

下腹部がきゅうっと痛いほどに疼き、じっとしていられない。ふたたび指の腹で押し回すように花芽を軽く撫でられて、蜜口からどっと愛液が溢れてしまう。

「すごいな、濡れ過ぎだろう」

彼はくっと喉奥で笑うと、見せつけるように舌を伸ばし、乳首を根元から舐め上げた。

淫芽を捏ね回されて、同時に乳首を舐められると、触れられているところから全身に快感が広がり、意識が遠退きそうなほど気持ちがいい。

「あっ、ン、それ……だめっ」

理の舌と指が動かされるたびに、ぐちゅぐちゅと卑猥な音が響く。髪を振り乱しながら、涙に濡れた目を向けると、誘っているようにしか見えないのか、愛撫がますます激しくなる。

乳首をちゅうっと吸われて、背中が波打つように浮き上がる。もっとねだるように胸を突きだすと、ますます激しく乳嘴を舐め転がされた。

「やぁっ、あっ、んんっ」

もはや恥ずかしいなどと言ってもいられず、引っ切りなしに喘ぐ声が漏れる。全身がびくびくと小刻みに震えて、身体の中心からなにかが迫り上がってくる。力を抜けばそのなにかが一気に溢れてしまいそうで、ひたすら足に力を入れるしかなかった。

どこもかしこも気持ち良くて、なにも考えられない。このまま身を任せてしまえば、もっと気持ち良くなれる。身体がそれを知っていた。

「はぁ、はっ、あぁっ」

理の髪をかき乱しながら、彼の指に恥部を擦りつけるように腰を揺らめかせた。物欲しげなその動きに彼が笑いを漏らし、指の動きを激しくする。

蜜口から溢れる愛液を淫芽に擦りつけ、小刻みに指を揺らされると、ひときわ強烈な快感に襲われて、息も絶え絶えなほど喘いでしまう。

「やぁあっ、ふ、あっ、も……だめ、なんか……っ」

なにかが迫ってくるのを感じる。一瞬でも気を抜けば、意識が持っていかれそうだ。舐められ過ぎて、乳首がひりひりと痛むのに、それすら気持ち良いような感覚がしてくる。

「達きそう?」

楽しげに囁かれて、わけもわからず頷いた。

「へぇ、こっち派か」

すると、二本の指で陰唇が大きく広げられ、露わになった淫芽をさらに激しく責められた。耐えがたいほどに身体が昂り、開いた膝ががくがくと震える。

「あぁっ、ぅ、んっ、はぁ、も、そこっ」

蜜口を弄る水音が引っ切りなしに聞こえてくる。赤く腫れた実をくりくりと爪弾くように弄られると、なぜだか下腹部の奥がきゅうっと疼き、熟れた蜜口がヒクついた。

大きな波に攫われそうな予感がして身震いすると、乳輪ごと口に含むように乳首を吸われて、同時に淫芽を強く擦り上げられた。いよいよなにかの限界が迫り、背中が激しく波打つ。

「ひぁあっ」

頭の中が真っ白に染まり、全身が硬直する。腰が二度、三度と跳ねて、次の瞬間、一気に身体の力が抜けた。なにが起きたのかもわからないまま、痙攣するように小刻みに震える蜜口から、愛液がどっと溢れる。

「はぁっ、はっ」

荒々しく息を吐きだし、力の抜けきった四肢を投げだすと、ふたたび太腿を開かれて、なにかがずずっと中に入ってくる。

「ひぁ――っ」

蜜襞を擦り上げながら二本の指が押し込まれ、中を広げながら根元まで突き挿れられて、媚肉を撫でるような動きで引きだされた。

達した余韻に浸る間もないまま、二本の指での抽送が始まる。

「あっ、やぁッ……だめぇっ、今、やっ」

指が激しく抜き差しされ、新たに溢れた愛液がぐちゅ、ぐちゅと淫猥な音を響かせる。

初めて異物を受け入れた隘路はその圧迫感に悲鳴を上げていた。

愛液が潤滑油となり痛みはないものの、指で擦り上げられる初めての感覚に慣れることはできない。気持ち良いかどうかもわからずに、ただひたすら耐えるしかなかった。

すると、突然、彼の手が離れていく。

「あっ……」

急な喪失感に襲われ、無意識のうちにねだるような目を向けると、顔を上げた彼がその場で膝立ちになった。

いったいなにをするのだろう。緊張に包まれながらも理の動作に目を注いでいると、膝を突いた彼がズボンのベルトを緩め、前を寛げる。

「……っ」

スラックスの中心は布を押し上げるように硬く張り詰めていた。それがなんなのか経験のない千早にだってわからないはずもない。

ただ、目の前で見せつけるようにスラックスのファスナーが下ろされると、見てはいけないものを見てしまったような恥ずかしさがあった。

スラックスは太腿の辺りで引っかかり、陰茎の生々しい形に膨らんだ下着が露わになると、さすがにじろじろと見ていられず、ぱっと目を逸らす。

「ふっ、本当に純情なふりが上手いんだな」

彼は下着をスラックスと同じ位置まで引きずり下ろした。すると、いきり勃った肉棒がぶるりと飛びでる。

目を逸らしていても、視界の端に生々しい男の剛直が映り、千早は息を呑む。

「あ、う……ちが」

理の冷ややかな態度とは裏腹に、中心で膨らむ欲望は熱く興奮しきった状態でそそり勃っている。

血管の浮きでた赤黒い性器は腹につきそうなほど反り返り、先端から溢れる先走りが竿を濡らしていた。その淫らな光景にこくりと唾を飲み込んだ千早は、このあとの展開を想像し身体を硬くする。

「あっ、ま、待って」

そう言うも、当然、理が待ってくれるはずもない。彼は手早く避妊具をつけると、千早の太腿を大きく開いた。

そんな大きなものを挿れられたら壊れてしまう。それは本能的な恐怖だった。

しかし、千早の抵抗もむなしく、理ははち切れんばかりに膨らんだ怒張を秘裂に押し当ててきた。

「やっ、あっ」

びくりと身体が震え、開いた太腿に力が入る。すると、太く長い竿が蜜口にずぶりと押し込まれる。その瞬間、身体を真っ二つに引き裂かれたかのような衝撃が走り、呼吸ができないほどの痛みに襲われた。

「……っ!」

叩きつけるように腰を押しつけられて、狭い媚肉が強引に広げられると、長大なものが最奥に行き着く。

「ほしかったんだろう。お望みのものだ、くれてやるよ」

彼は荒々しい息を吐きだしながら、腰を引き抜くと、素早く激しい動きで千早の中を穿った。容赦のない抽送を繰り返されて、声も出せずに耐えるしかなかった。

「はっ……狭いな……っ」

繋がったところが焼けつくように熱くてたまらない。ずんずんと貫かれるたびに、血の滲む傷口をごりごりと擦られているような痛みが引っ切りなしに続く。

「あ、うぅ……っ」

身体を硬くした千早にようやく気づいたのか、汗ばんだ髪をかき上げた理が訝しげに動きを止めた。

「おい？」

理は、ぼろぼろと涙を流す千早を見て、ぎょっとした様子で声をかけてくる。だが、それに答えられる余裕はなかった。

痛くて、情けなくて、涙が止められない。せっかく好きな人に抱いてもらえる機会だったというのに、これでは台無しだ。

「ひっ……く」

「ちょっと待て……お前、まさか」

彼はそれまでの荒々しさをなくし、ゆっくりと腰を引いた。勃ったままの剛直を引き抜き、結合部を凝視する。そして目を見開くと、動揺しきった様子で呆然と呟いた。

「なんでだ、そんなはず……」

まだ痛みは残っていたものの、抜くときは貫かれたときよりもマシだった。

理は惚けたように膝を突く。

「うそだろ、お前……初めて、なのか？」

理との関係はこれっきりだろうから、失恋の思い出にしたかったが、どうやら知られてしまったようだ。千早としても、あの痛みに耐える自信はなかったから、これでよかったのかもしれない。

「……はい」

「どういうことだ。不倫を頑なに否定していたが、ホテルに二人でいて、本当になにもなかったとでも言うのかっ⁉」

「初めから、そう言いました」

涙を拭うこともせずに毅然と言い返すと、彼はわけがわからないとでも言いたげに首を左右に振った。汗に濡れた前髪をかき乱しながら、自分を落ち着けるように深く息を吐く。

千早はソファーから身体を起こし、胸の上で引っかかったワンピースを引き下ろした。

それを見た彼がばつが悪そうな顔をする。

「説明してくれ。なにもないなら……なぜ兄さんと二人きりでホテルにいた？」

「……話せません」

千早は彼から目を背けて、床に落ちていたショーツを手に取った。理の前で下着を身につけるのは恥ずかしかったが、理はどうやらそれどころではないようで、わけがわからないといった様子で頭を抱えていた。その隙にショーツに足を通す。

「ちょっと待ってくれ、なら俺は……」

理の顔が見る見るうちに青ざめる。

すでに彼の目に怒りはなく、ただただ混乱しているようだった。

千早を不倫相手だと決めつけ、怒りにまかせて処女を奪ってしまったことに気づいたのだろう。千早の気持ちを知らない理からすれば、なんの罪もない女性に乱暴を働いたという感覚なのかもしれない。

(私が、抱いてもらえて嬉しかったって言ったら、なんて言うんだろう)

最後まではできなかったが思い出になったのはたしかだ。

今後、彼とどうなるなんて未来はなくとも、いい初体験だったのではないだろうか。

直情的なところはあるが、もともと素直な人なのだろう。やはり悪い人ではないのだなと思うと、こんなときなのに笑ってしまいそうになる。

そのとき、ソファー近くにあるテーブルに置かれたスマートフォンがけたたましい音を立てて鳴った。

理は「悪い」とだけ言って立ち上がり、避妊具を外し乱れた衣服を整えると、スマートフォンの画面を見てすぐさま電話を受けた。

「はい、八木澤……えっ⁉」

思わず漏れてしまったかのような驚いた声が聞こえて、こちらに背を向けている彼を見る。すると理はスマートフォンを耳に当てたまま振り返り、戸惑うような目を向けてくる。

「兄が……わかりました、すぐに向かいます」

しかし、すぐに医師としての顔に戻り電話を切ると、スマートフォンをスラックスのポケットに入れた。

(兄って、一馬さん？　なにがあったの？)

一馬から電話を受けてホテルに向かったときの不安感が蘇る。なにがあったのか、聞きたいような聞きたくないような気持ちで理を見ると、真剣な顔をした理がソファーに戻ってきた。だが腰をかけることなく立ったまま口を開く。

「兄が病院に運ばれた。事故に遭ったらしい」

「え……っ、一馬さんは⁉　大丈夫なんですか⁉」

「幸い、骨折だけだ」

「よかった……」

千早は深く息を吐きだしながら、震えそうになる手をぎゅっと握った。

どうして事故に遭ったのだろう。いやな予感はまだ収まらない。今すぐにでも病院に駆けつけたいが、家族でもない自分が彼と面会できるはずもなかった。

(私……こんなところで、なにをしてるんだろう)

一馬が心配でここに来たはずだ。それなのに、理に押し倒されてからは彼のことしか頭になかった。一馬の気持ちを無視してでも、理に事情を話していればよかったのか。それとも、もっと早く、家族に打ち明けるよう一馬を説得していればよかったのか。

自分の行動のせいで、一馬をどんどん追い詰めているような気がしてならない。

「それで、君はいったいなにを隠している」

理はジャケットを手にしてホテルを出る準備をしながら、鋭い目を千早に向けた。

だが、千早に対して無体な真似をしたと考えているのか、その目はわずかに案じるような色をしていた。

「それは……」

「いい加減にしてくれ！　なぜ話せないのか、理由だけでも言え！」

怒鳴られて肩が震えるが、千早はそれでも首を横に振った。相談者の秘密は一生胸の中に——それは千早の矜持だった。

すると、舌打ちと共に短く息を吐く音が聞こえて、腕を掴まれる。

「もういい。本人を問い詰める。とりあえず一緒に病院に来い！」

それは千早も望むところだった。

しわになったワンピースはどうにもならないだろうが、それだけで自分たちの間になにが起こったかを察せられるはずもない。

理の運転する車に乗り込むが、千早も理もなにも話さなかった。

理としては一馬との本当の関係を今のうちに聞きたかったのだろうが、千早がどうあっても話さないため会話を諦めたようだ。

やがて到着したのは、友育医療センターだった。自分が働く病院からの電話だとわかったから、理は迷うことなく電話に出たのだと気づく。

車を降りて理についていくと、救急治療室から車椅子に乗せられた一馬が出てくるところだった。

一馬は憔悴しきった顔をしており、胸元から覗く包帯が痛々しい。

「一馬さんっ！」

医師と一言、二言会話をする理を余所に、千早は一馬のもとに駆け寄った。

安堵で涙が堰を切って溢れだし、なにも言えず一馬の手を握ると、力なく握り返される。

「千早……？　あぁ、ごめんね……僕はまた、君に迷惑を」

「迷惑だなんて思ったことはないです。友人が苦しんでいたら、助けたいと思うのは当たり前じゃないですかっ」

声を震わせながら言うと、握った手にやや力が込められた。そして一馬の目が、いつの間にか千早の背後に立っていた理に向けられる。

「ありがとう……理も、ごめん」

理は車椅子の横に立ち案じるように一馬を見下ろしつつも、千早の手を荒々しく払った。

誤解は解けたと思っていたのだが、処女だとわかったことは証明にならなかったのか、やはり腹立たしそうな顔をしている。

「全身打撲で済んでよかったよ。でも、悪いと思うなら今度こそ事情を説明してくれ。なにがあったかは知らないが、せめて俺にだけは話してくれてもよかっただろう。俺は兄さんの弟じゃないのか？　信用できないか？」

理は眉根を寄せた顔をして、ぶっきらぼうな口調で言った。おそらく、これが家族に向ける顔なのだろう。たしかに患者には怖がられるかもしれない。

「そうじゃない……そうじゃないんだよ、理。ごめんね。ちゃんと話すから。恵美にも。千早も、一緒にいてくれる？」

「もちろんです」

一馬に手を伸ばされて、千早がその手を握り返すと、それを見ていた理の目が細まった。

「……そういえば、義姉さんは？」

一馬は恵美と一緒にいたと聞いた。それなのに彼女の姿はここにはない。ホテルを出てから、恵美と一馬はいったいどこにいたのだろうか。

「わからないけど、家に帰ったんじゃないかな」

「話はしたのか？」

一馬は弱々しくため息をつき、目を伏せて首を横に振る。

「いや……一方的に不倫だと決めつけられて、話にならなかったんだ。僕もだんだんやけになってきて、不倫だと思いたいなら思えばいいってなってたから。自分のことばかりで本当にどうしようもないね。千早にどれだけ謝ればいいかわからないよ」

恵美とはさして話もせずに別れたらしい。そのあとホテルに戻る途中で事故に遭ったのだと一馬は言った。

「今度こそ、ちゃんと話してくれるんだよな」

理の問いに一馬はしっかりと頷いた。

「これ以上、僕の事情に千早を巻き込むわけにはいかない。だから、話すよ」

第四章　話し合いのち、謝罪

理から連絡があったのはそれから数日後だった。

千早の連絡先は、一馬との不倫疑惑の際に調査の一環で入手したらしい。

一馬を交えての話し合いを日曜日の午前に指定された。就職活動はなんの進展もしておらず書類選考中のため、スケジュールはほとんど真っ白だ。

その電話で一馬の体調を聞くと、精密検査の結果にも異常がないそうで安堵する。


そして迎えた日曜日。

地下鉄と東急線を乗り継ぎ、到着したのは世田谷区内にある閑静な住宅地。

千早は、広大な敷地に建つ豪華な一軒家を、ぽかんと口を開けて見上げた。建物と庭は木造の目隠しフェンスでぐるりと囲われているが、それが次の曲がり角まで続いている。

玄関横のガレージのシャッターは開いており、車が二台停められている。

門の横にあるインターフォンを押すと、女性の声がしてロックが解除された音がした。

重厚感のある屋根付きの門扉を開けた先には、開放感のある広い庭。

(個人住宅なの、これ)

まるでリゾートにでも来たかのような光景だった。

モダンな造りの庭には池があり、そこから小さな川のように水が流れている。そこかしこに花壇があり、季節の花々が植えられていた。

一馬もその父親も医師だとは聞いていたし、個人病院を経営しているのも知っている。幼い頃から医師になるのが当然だと思っていたとも聞いていた。

だが、こうして一馬の育ってきた環境を目にすると、それがどれだけ彼のプレッシャーになっていたのだろうかと同情めいた気持ちが芽生えてしまう。

結婚するもしないも、子どもを作るも作らないも自由でいいと千早が思えるのは、抱えているものがなにもないからだろう。

一馬は長男として、病院を、この家を守らなければならなかった。彼にとってそれは当たり前のことだったのだ。

千早が玄関横のインターフォンを押すと、先ほどの女性の声で応答があった。

出てきたのは五十代半ばの女性だ。

「一ノ瀬様でいらっしゃいますね。どうぞ、こちらへ。皆様、おそろいです」

「はい。お邪魔します」

女性はお手伝いさんのようで、千早をリビングに案内し、席を外した。

千早は緊張の面持ちでリビングのドアを軽く叩く。ガラスドアを開けて中に入ると、テーブルを囲うように並べられたソファーに、理と一馬、恵美がそれぞれ座っていた。

リビングは三十畳ほどだろうか。壁側には暖炉、反対側にはミニバーのようなものがあり、吹き抜けの造りのためかなり広々としている。

「遅くなりました」

約束の時間には間に合ったはずだが、待たせてしまったことに変わりはない。千早が頭を下げると、一馬が立ち上がって迎えてくれた。

「わざわざありがとう。座って」

千早は、一馬と理に挟まれる位置に腰を下ろす。とはいえ、ソファーは三人掛けで一台に一人しか座っていないため、かなり遠い。

「一馬さん、怪我は？」

「まだ痛いけどね、大丈夫」

ソファーに腰かけながら、理、恵美の顔を順々に見つめる。恵美、一馬、千早、理と座っており、恵美だけは二台並んだ一人掛けソファーに腰かけている。

するとこちらを鋭く見据えた恵美が口を開いた。

「あんた、よくここに来られたわね。まだ懲りてないっていうの!?」

「義姉さん、彼女と兄さんは不倫関係じゃないと言っただろう。その説明をするために兄さんが呼んだんだよ」

「そんなのどうやって信じろって言うのよ！　二人でホテルにいたのは事実じゃない！」

「だからそれは……」

理はため息交じりに言葉を濁した。

言えるわけがない。身体で確認をしました、などと。

なにも知らない恵美からすれば、千早と一馬の関係を疑うのも無理はないのだ。理がなぜ千早を信じられるのかと不審に思うのも当然だろう。

「だから、それをこれから説明してくれるんだろう、兄さん」

「あぁ」

理が一馬に目を向けると、一馬は頷き、ソファーから立ち上がった。

そしてまだ身体が痛むのか顔を顰めながら床に膝を突く。

「兄さん？」

理が訝るように声をかけると、膝を突いた一馬がゆっくりと頭を下げた。

そのまま頭を床に擦りつけるように下げられて、慌てたのは千早だ。

「ちょ、一馬さん！　やめてください！」

「僕が千早に甘え過ぎていたから、君は大事な仕事まで失った。失職中の生活費も慰謝料も払う。償える方法が金銭しかないし、それくらいで許されるとは思っていないけど、本当に、申し訳ありません」

「いいんです。頭を上げてください。一馬さんのせいだなんて思っていません。私自身が招いたことです。だから、座ってください」

「千早はそう言うと思っていたけど、頼むから生活費だけは受け取ってほしい」

「……わかりました、謝罪は受け入れますから」

千早が頷かない限りはここから立たなそうで、仕方なく頷いた。

立つ際、身体が痛むのではないかと手を差しだしたが、理が横から手を伸ばし、一馬を支えて元のソファーに座らせる。

「なんで、一馬さんが謝るわけっ⁉　もういったいなんなのよ！　これじゃあ、私が悪者みたいじゃないの！」

恵美はイライラした様子で、手に持っていたグラスをテーブルに叩きつけた。

「この女はただの不倫相手でしょう！　まさか、私と別れてこの人と結婚するって話なわけ⁉　私は絶対に離婚なんてしないからねっ！」

「恵美……頼むから、千早を責めないで。まずは僕の話を聞いてくれないか？」

一馬が懇願するように言うと、千早を庇うような態度にすら腹が立つのか、憎々しげな目を向けられた。

「義姉さん、話を聞こう」

兄弟に宥められ、恵美は渋々口を噤んだ。

一馬は強張った表情で深く息を吐きだし、テーブルに視線を落としたまま話し始めた。

「……僕が、初めて人を好きになったのは、高校生の頃だった」

「兄さん……？」

いったいなんの話だと、千早以外の二人が眉を顰める。だが、千早が緩く首を振り、理を手で制すると、とりあえず話を聞こうという姿勢で皆が押し黙った。

「向こうは僕を親友だと思ってくれていたみたいだけどね。男同士だったから。でも僕は、彼に対して、触れたいとかそういう欲求を持っていたよ」

「男……」

理は愕然とした表情で一馬を見ていた。彼の顔に忌避感はまるでない。ただ、純粋に驚いているだけの様子を見て、千早は胸を撫で下ろした。

理ならば、きっと一馬を受け入れてくれるだろう。千早にはそんな確信があったけれど、一馬からの話でそう判断しただけだ。

もしこの場で理に拒絶されていたら、一馬の逃げ場所はどこにもなくなってしまう。そうなりませんようにと祈る気持ちでここに来た。

「僕の恋愛対象は、同性なんだよ。だから、千早とどうこうなんてあり得ないんだ。もちろん彼女を大切な友人だとは思っているけどね」

一馬は話を続けて、千早との関係に言及した。

恵美を慮ってか『心のお悩み相談室』で話したように、妻と肉体関係を持つことに耐えられなくなったとは言わなかったが、男性にしか性的欲求を抱かないと口にした。

結婚生活に思い悩み、誰にも言えなかった胸のうちを『心のお悩み相談室』に電話して、その電話をたまたま受けた千早に聞いてもらっていたのだと話す。

ホテルで会うようになったいきさつについても触れた。

話をするうちに、隣に座る理の顔色が見る見るうちに悪くなっていく。

事情を知らずに、会議室で一方的に千早を責めたこと、そのあとホテルで千早の処女を無理矢理奪ったことを思い出したのだろう。

焦っている様子がわかりやすく顔に出ており、一馬の話途中にも窺うように千早を見るが、この場で口に出せるはずもない。それをもどかしく思っているようだった。

「つまり……ホテルでは、なにもなかった？」

理は確かめるように一馬に聞いた。

「あぁ、話を聞いてもらっていただけだ。千早にはね、なるべく早く理には話した方がいいって言われてたんだ。でも僕は、なかなかその決断ができなかった。結果がこれだ」

「決断できなくて当然です……」

千早が言うと、一馬ににっこりと優しげな笑みを返された。どうやら完全に踏ん切りがついたようだ。

「千早を呼びだすのは仕事が終わったあとが多かったから、時間外手当を払うと言ったんだけど、それは断られてしまったんだよ。だから、その代わりにルームサービスを取って食事をしてた。なんなら領収証もあるから、見せようか？」

「いや……そこまではいい。事情はわかった」

理は疲れたようにソファーにもたれかかり、ため息を漏らした。

「恵美、不安にさせてすまなかった。これで、不倫ではないことはわかってくれたかい？」

一馬の問いかけに三人の視線が恵美に向いた。

恵美は、一馬の話を聞いたにもかかわらず、相変わらず嫌悪を露わに千早を睨んでいる。ぎりぎりと音が聞こえてきそうなほど強く歯を噛みしめ、その目は真っ赤に染まっていた。

仕事が忙しいとうそをついた一馬がホテルで生活していたのは、自分との結婚生活が苦痛だったからだなんて、信じたくないのかもしれない。

（お母さんもそうだったって言ってたっけ）

だから父を傷つけるとわかっていて『気色が悪い』と言ってしまったと後悔していた。

「……ないじゃない」

「義姉さん？」

「わかるわけないじゃないっ！　うそをつかないでよ！　私を騙そうとしてるんでしょう！　仕事を辞めさせられたからって、男しか相手にできないなんて気持ち悪いうそを一馬さんにつかせて！　私たちちゃんとセックスしてたわ！」

恵美はその場で立ち上がり、唾を飛ばす勢いで捲し立てた。

「彼はちゃんとデキるもの！　ホテルに二人でいてなにもないなんて信じられるわけないじゃない！」

一馬はずっと、自分を殺し、いい夫であろうとしていた。それに今だって、妻を慮り〝性生活が苦痛だった〟とは口にしなかった。だから恵美は、女性を相手にできる一馬が同性愛者なわけがないという結論に至ったのかもしれない。

「それに、話をするだけだって言うなら、どうしてホテルなのよ!?」

「それは……」

一馬は『心のお悩み相談室』に連絡するときも、泊まっていたホテルからだった。昼食を摂るためにホテルに戻り、わざわざ部屋から電話をしていたのだ。

彼はそれだけ誰かに知られることを恐れ、警戒していた。

「誰にも聞かれたくない話をするならホテルはうってつけだ。彼女をホテルに呼んだのは兄さんなんだろう？」

「そうだよ、最初は偶然だったけどね。彼女の名誉のために言っておくけど、肉体関係どころか、僕らは手を繋いだこともない」

一馬はそこでいったん言葉を句切ると、恵美に向かって頭を下げた。

「恵美には一生隠し通そうと決意して結婚した、つもりだった。でも、でも……どうしても、無理だったんだ。だから、離婚に向けての話し合いを、進めたい」

するとと恵美は悔しげに唇を噛み、荒々しい足音を立てながらリビングを出ていった。一馬は恵美の後ろ姿を目で追いながらも、追いかけはせず嘆息した。

「まだ、信じてくれてないかな」

信じていないというより、信じたくないのかもしれない。そう千早が言うと、あぁと納得したように一馬が力なく笑った。

「時間が必要なんだと思います」

「そうかもしれないね」

一馬とゆっくり話すのは久しぶりだ。いい友人関係になれたと思っていたから、こうしてまた顔を合わせることができて嬉しい。

「一馬さん、このことはご両親に話せたんですか？」

千早が聞くと、一馬は憑き物が落ちたような顔で頷いた。

「うん、昨日ね。ホテルに来てもらって話したよ。まだ混乱してるみたいだから、この場には同席しないけど、大人なんだから好きにしなさいって言ってくれた」

「そうですか……よかったです。一馬さんの味方になってくれる人がいて」

「そうだね、殴られるか泣かれるかって覚悟はしてたんだけど、父さんは冷静だったな」

千早はそれを聞いて、心底よかったと胸を撫で下ろす。深い息が声になって漏れていたのか、一馬が相好を崩した。

「千早には心配ばかりかけてるね」

「ほんとですよ……電話をもらって、いやな予感がして慌ててホテルに行ったんです。一馬さん、自暴自棄になってたって言ってましたけど……今は、どうですか?」

千早は一馬の前に膝を突き、彼の顔を窺うようにそっと手を取った。一馬は振り払いもせずにじっとしている。

「ごめん、本当に違うんだよ。不倫だと誤解されたあと、当然なんだけど、ますます彼女の束縛がひどくなってさ。クレジットカードもスマホも取り上げられて、限界を感じてた。でも、死のうとか考えてないからね」

「なら、いいです」

事故に遭ったと知って、千早の脳裏に最悪の結果が浮かんだのだ。病院に駆けつけて、自分の目で一馬の無事を確認するまで気が気ではなかった。

「公衆電話から千早に連絡したあと、ホテルの部屋に戻ったんだ。しばらくしてチャイムが鳴って、千早だと思って確認せずにドアを開けたら、理がいて、そのあとすぐに恵美が来たんだ」

一馬と千早を見張らせていたと理は言っていた。それで一馬が公衆電話から千早に連絡を取ったことがすぐにバレたのだろう。

「理に二人で話した方がいいと言われて、ホテルの近くを二人で歩きながら話してたんだ。でも結局彼女は、千早を悪く言うばかりだった。まぁ、不倫じゃないって言ったって、信じられないのも当然だよね。それで話し合いにならなくて、彼女と別れてホテルに戻ろうとしたんだけど、そのとき、急いでて周りをよく見てなかったんだ」

ふたたび、ごめんねと謝られて、千早は首を振った。

千早がソファーに戻ると、神妙な顔をした理が前髪をくしゃくしゃに乱しながら言った。

「兄さん……悪かった、俺のせいだ。兄さんが彼女を本気で慕っているように見えたから、探偵に探らせていたんだ。義姉さんに連絡したのも俺だ。結婚生活を継続するでも別れるでも、早く話し合った方がいいと思って……」

「いや、理は間違ってない。カミングアウトする決意がなかなかできなかった僕が悪い。千早にも、理にだけは早く打ち明けた方がいいって言われてたのに、そうしなかったのは僕なんだから」

「どうして、親じゃなく俺なんだ？」

理は、一馬と千早の顔を交互に見ながら首を傾げた。どうして千早の口から理の名前が出るのか疑問だったのだろう。

「あぁ、ほら僕たちさ、男兄弟のわりに幼い頃から仲が良かったじゃない？　それで、千早にも子どもの頃の話をしてたんだよ。一緒に理の写真とかよく見てたんだよね？」

同意を求められて、千早は頷いた。

「一馬さんにとって、一番信頼している相手が弟さんだと思いました。子どもの頃は、一馬さんを守るためにケンカばかりしてたと、家族をすごく大事にしてるという話も聞いていましたので、なにがあっても一馬さんの味方でいてくれる人じゃないかと思ったんです」

千早が理を〝弟さん〟と呼ぶと、一瞬だけ理が眉根を寄せた。

「……そうだったのか」

理はそう言うと、膝の上に両腕を置き項垂れた。

彼の後悔が伝わってきて、申し訳ない気持ちになる。本音を言うわけにもいかないが、千早にとってはそう悪くもない出来事だったのだ。

「もっと早くに、俺が気づくべきだったな。君の職場も調べたはずなのに……」

早々に一馬と千早がホテルで会っている証拠を摑んだため、二人がどうやって出会ったのかまでは探偵も調べなかったのだと理は言った。

「兄の力になってくれてありがとう」

その場に立ち上がり頭を下げられて、千早はぶんぶんと首を横に振った。

「いえ、結局、私はなにも」

「なにもなんてことはないよ。僕は千早と話していて、すごく楽になった。それに、すでに友人だと思っていた。だから甘え過ぎてしまったんだよね。二人でホテルに入れば周囲からどう思われるかわかっていたのに、千早なら許してくれるって思ってしまった」

「私も……友人だと思ってました。一馬さんと話してると楽しくて」

一馬と二人で顔を見合わせて笑うと、理の眉間に深いしわが入った。この期に及んで自分たちの仲を誤解しているわけではないだろうが。

「千早、また会ってくれる？　今度は対等な友人として」

おずおずと聞かれて、千早は笑みを返した。

「もちろんです！　あ、でも」

「わかってる。ホテルはやめておこうね。個室のある店を予約しておくよ」

「楽しみにしてますね」

一馬も家族に話せて気が楽になったのだろう。

次に話をするときは、明るい話題が聞けるといい。

千早が頷くと、理がますます不機嫌そうな顔をして腕を摑んできた。驚きつつも、理を見上げると、腕を引かれてその場に立たされる。

「あ、の？」

「兄さん、義姉さんと顔を合わせてじゃ冷静な話し合いにはならないだろうから、今後は弁護士を通した方がいい。進捗は俺にも教えてくれ。義姉さんの引っ越し先が決まるまでは、しばらくホテル暮らしになるだろうが、それは問題ないよな？　俺はやらなきゃならないことができた。ちょっと彼女を借りる」

理は一馬に向けて早口にそう言うと、千早の腕を摑んだまま背を向けた。

「え、あの」

助けを求めるように一馬を見ると、いってらっしゃいと和やかに手を振られる。

「じゃ、僕もホテルに戻ろう。理、千早、今日はありがとね」

一馬には千早の気持ちがバレている節もあるから、チャンスをものにせよと言われている気がして、なにやら恥ずかしい。

「一馬さん、また……っ」

一馬に手を振り、理に引きずられるようにリビングを出た。すると、腕を摑む手の力がやや強まる。早くしろと言われているみたいだ。

千早が一馬と話をするたびに、彼の纏う空気がピリつくのはなぜだろうか。

「あの、八木澤さん？」

玄関で靴を履きながらどういうつもりかと尋ねると、彼は眉間にしわを寄せたまま呟く。

「理でいい。話があるんだ。頼むから、なにも言わずについてきてくれ」

切羽詰まったような声でそう言われると、いやだとは言えない。

「……わかりました」

八木澤家を出ると、ガレージに止まる車の助手席のドアを開けられ、促されるがまま乗り込んだ。

やはり道中での会話はなく、エアコンの風の音だけがごうごうと聞こえてくる。どこに向かうのだろうと気になったが、この世の終わりみたいな顔をする理に聞けるはずもなく、黙っているしかなかった。


車で三十分ほど走っただろうか。都道から山手トンネルを通り、抜けた先は品川区内の見覚えのある通り。車は、ＪＲ線の通るオフィスビルが多く建ち並ぶエリアにある駅ビルに到着し、マンションの地下駐車場と思われる通路に入った。

「あの、ここは？」

「俺の家だ」

話があるとは言われたが、まさか理の家に連れてこられるとは。てっきりどこかの店にでも入るのだとばかり思っていたのに。

「あの……理さんって、強引だと言われませんか？」

ホテルで千早を待ち伏せしていたときも思ったが、彼は少し直情的なところがある。よく言えば感情に素直というか。そのわかりやすさも好ましくはあるのだが、驚くことばかりでは身が持たない。

「悪い、ちょっと気が急いていた。うちで話せるか？　俺と二人きりはいやだと思うが、話の内容的にあまり周囲に聞かれない方がいいかと」

申し訳なさそうに言う理の顔が、千早をホテルの部屋に招いたときの一馬の顔と被った。やはり兄弟なのだなと思ってしまう。理は「君をホテルに連れ込んだ兄さんを責められないな」と自嘲的に笑った。

「わかりました。もうここまで来てしまったので、お邪魔します」

「俺が言うことではないと思うが、男の部屋にのこのこ入らない方がいいと思うぞ」

「それ、ほんと理さんが言うことじゃないですね」

千早が思わずといった様子で笑うと、理は決まりが悪そうに頬をかいた。

車を降りると、マンション階への直結エレベーターに乗り込み、理がキーを鍵穴に差し込んだ。キーを差してボタンを押さなければ、エレベーターが動かないらしい。

このマンションは三十四階建てで、三階までは商業施設になっているようだ。理の部屋は十二階。すぐにエレベーターが十二階に到着し、理に続いて廊下に降りる。

玄関のドアはエレベーターと同じキーで開けられるらしい。理に促されて足を進めると広々とした玄関が目に入る。

玄関横にはシューズインクローゼットがあり、ホールにはドアが三つ。一つがリビングへのドアだったようで、靴を脱いだ理がガラス戸を開けた。

「入って」

「はい、お邪魔します」

リビングダイニングは十二畳くらいだろうか。

部屋を見回し、八木澤邸とはべつの意味で驚いた。リビングには、絨毯も敷かれていなければ、ダイニングテーブルやソファーもなく生活感が皆無である。リビングの奥にあるドアはおそらく寝室だろうが、ベッドはあるのだろうかと疑問に思った。

「悪い、たまに帰っても寝るだけだから、なにも置いていないんだ。今度買っておく」

「あ、いえべつに大丈夫です」

なぜ今度買っておく、などと。千早がこの部屋に来ることは二度とないだろうに。

そう思い口に出すと、なぜか理が切なそうに目を細めた。そんな顔をされる理由がわからず千早は困惑する。

「たしか……飲み物くらいはあったはずだが、ちょっと待ってろ」

「あ、いえ、お構いなく。それよりお話とは？」

理がキッチンに行こうとしたので、それを手で制して立ったまま切りだした。フローリングの床は清掃業者が入っているのか綺麗に保たれていたけれど、長居をするつもりはない。

忙しい彼の貴重な時間を自分への謝罪のために使う必要はない。理には言えないけれど、彼に密かな恋心を抱いていた千早からすれば、謝罪される理由がないのだから。

「あの、先日のことでしたら……」

謝らなくていい、と続ける前に、理が床に膝を突いた。

彼は膝を折り、手を床につけて、後頭部が見えるほど深く頭を下げる。

「すまなかった……知らなかったとはいえ、君にひどい真似をした」

(兄弟揃って、土下座が好きね……)

まさか千早がそんなことを考えているとは知らない理は、深々と頭を下げたまま言葉を続けた。

「俺がしたことは強姦だ。謝ったところで取り返しがつかないが……本当に申し訳ない」

「誤解が解けてよかったです。もう頭を上げてください」

理は膝を崩さず、頭だけをそろそろと上げた。

たしかにあれは強姦に近い形ではあった。やめてと言ったところで、彼がやめてくれたかはわからない。

けれど、千早はそれでもいいと納得して抱かれたのだ。憎まれでもしなかったら、彼に抱かれる機会などなかっただろう。それで彼を詰れるはずがない。

千早に触れる手は優しかったし、痛かったのは挿入時だけだ。それも千早の痛みを察して、彼はすぐに身を引いてくれた。

(あれって、一応、処女喪失になるの?)

最後まではできなかったが、初めてを好きな人に捧げられたのだ。それに、一馬と不倫関係ではないとわかってくれた。それだけで十分だ。

「償いをさせてほしい。全面的に非は俺にある。君の心の傷はどうやっても消えないだろうが、なんでもするから、言ってほしい」

「なんでも、ですか」

千早は理を見下ろしながら、目を見開く。彼の目には少しの迷いもない。

(聞いてはいたけど、本当に素直な人よね。そんなこと言っていいの? 私が大金を要求したらどうするの?)

もしくは結婚を求めるとか。千早がそれを口に出せば、迷いもなく婚姻届を持ってきそうだ。思わず心の中で生まれた妄想に苦笑する。

愛情のない結婚生活など、長続きするはずもない。無理をすればどこかで歪みが出るものだ。それは両親の結婚でも、一馬と恵美の結婚生活でも証明されているだろう。

「あぁ、なんでもだ。金銭でもいい。警察に行けと言うならそれでもいい。俺は、兄の心を守ってくれた君に、してはならないことをした」

理は決意を固めた顔をして、もう一度額を床に擦りつけた。

「土下座されても困ります。もしなにかしてくれると言うなら、これから先も一馬さんの力になってあげてください」

千早は理と同じように膝を突いて言った。

すると、理がようやく顔を上げ、真っ直ぐな視線が刺さる。

「兄の力になるのは家族として当然だろう。それでは君への償いにはならない。自分の罪悪感を消したいだけかもしれないが、このままなにもしないではいられない」

「単純に私が男性にモテなかっただけですから、後生大事に処女を取っておいたわけじゃありません。むしろ、あなたのような人と一度でも経験ができてラッキーだと思ってますよ。だから、本当に忘れてください」

「あんな真似をして、忘れられるわけがないだろう」

理は視線を床に落とした。

被害者である千早がいいと言っているのに、理がそれではだめだと言う。ホテルで見せた敵愾心（てきがいしん）はまるでない。自分になにか罰を与えなければ気が済まないのだろう。

千早は、ならばと考えて口を開いた。

「……あなたがどなたかと結婚するというのはどうですか？」

一馬は、長男としての責任やプレッシャーをずっと一人で抱えてきた。理にとってそれが罰になるかはわからないが、一馬の代わりに結婚し後継者をもうけてくれればいい。

「結婚？」

「一馬さんはご両親に跡継ぎを求められて、その責任感の強さから自分の心を押し殺して結婚に踏み切りました。でも、だめだったんです。だから、あなたが結婚するなりして、後継者をもうけてくれれば、それだけで一馬さんの負担は減ると思います」

そういうことか、と理は納得した顔をした。

そして。

「わかった。なら、俺は君と結婚したい」

「はい？」

もしかして、自分が言い間違えてしまったのだろうか。〝どなたか〟と言ったつもりだったのだが。

「いえ、私ではなくて、ご自分の好きな方と……」

「だから、結婚するなら君がいい」

千早は心の中で頭を抱えた。

理が自分を好きなはずもない。頭のいい人だから、いろいろとすっ飛ばして口にしてしまう癖があるのかもしれない。

八木澤家の次男で、有望な外科医、見目麗しい外見。欠点があるとすれば、忙し過ぎることくらいか。

理と結婚したいという女性は大勢いるだろう。自分の価値を本人もわかっているのだ。ただ、そんなプロポーズはまったく嬉しくない。

「償いで結婚すると言われて喜ぶと思いますか？」

千早がため息交じりに告げると、理は違うと首を横に振った。

「償いってだけじゃないさ。君からしたら、俺と結婚などと言われて受け入れられるはずがないのもわかっている。だが、俺のしたことは簡単に許されることじゃない。生涯かけて、君に許しを乞うべきだ」

「本当にそういうのはけっこうです」

千早がきっぱりと断ると、理ががっくりと肩を落とす。

彼と夫婦になったらという妄想が脳裏に浮かび、後ろ髪を引かれるが、一馬と恵美の愛のない結婚生活を思い出し冷静になる。

「だが……」

　まだ言い募ろうとする理の言葉に被せるように千早は口を挟んだ。

「もし責任を取っていただけると言うなら、なるべく近い場所で臨床心理士の資格が生かせる働き口を紹介してもらえませんか？　前の職場を二年で退職したので、なかなか新しい仕事が決まらないんです」

「職場か……それについても謝らなければ。短絡的な行動の結果、俺は君の生活も壊してしまったんだな。自分が同じことをされても許せるとは思えない」

「それはもうほんとに……私も周囲からどう見られるかを考えるべきでしたから」

　このままでは謝罪合戦が終わらないと思ったのか、理は顎に指を当てて考える素振りをした。

「わかった。それなら、うちの病院の臨床心理科はどうだろう」

「友育医療センターですか？」

「ああ、君が働いていた職場とは環境が異なるが、うちは常に人員不足だから、おそらくすぐにでも働いてくれと言われるはずだ。以前の職場での勤務態度なども保証しておく」

　病院勤務となれば、以前のように電話で話を聞くだけとはならない。その分、プレッシャーは大きいがやりがいはある。

　それに『心のお悩み相談室』で働いた短い間、少しでも相談者の心が楽になればいいと必死だったが、自分の手がそこまで届かないことにもどかしさを感じていた。

踏み込み過ぎだとわかっていながら、一馬の呼びだしに応じてしまったのはそのためだ。

自分ならばなんとかできる、なんて傲慢な考えも多少あったことは否めないが、救いの手をもっと広くもっと長く伸ばせたらとずっと思っていたのだ。

「ありがとうございます。助かります」

「ほかにはないか？」

「ありません」

千早がきっぱりと断ると、理はなぜか残念そうな顔をした。

昨日までは就職先が決まらないと悩んでいたというのに、働き口が決まるだけで気持ちが落ち着くものだ。理と同じ職場になる可能性があるのかと思うと、楽しみでさえあった。

「雇用条件なんかは、ホームページの採用情報に書いてあると思うから目を通しておいてくれ。面接日が決まったら連絡する」

「わかりました……連絡先は……」

「知ってる」

理の表情が決まりの悪そうなものになる。一馬の件で調査した際、職場、住所、電話番号、メールアドレスを入手したのだと、ぼそぼそと言った。

「もう、本当に気になさらないでください」

それに対してもかなりの罪悪感を抱いているらしいと知り、思わず笑ってしまう。

「と言われてもな……」

理はため息をついた。

就職先を千早に紹介しただけでは気が済まないのだろう。千早はこれ以上、結婚だなんだと言われるのを避けるため、時計をちらりと見た。時刻はすでに昼近い。

「あの、お話がそれだけなら、私はそろそろ」

千早が立ち上がると、それを引き止めるように腕を掴まれた。

「あの？」

理も向かいに立ち、腕を掴んでいた手を千早の手のひらに滑らせた。指と指を絡ませるように手を繋がれて、胸が沸き立つ。

（この人、どういうつもりなの？）

この歳になるまで恋人の一人もいたことのない自分など、数多の女性と交際してきたであろう男からすれば容易いに違いなく、千早は手を繋がれた程度のことでまんまと動揺してしまっている。

「理さん……手を」

「離したくない。千早、まだ俺の言葉を信じていないだろう？」

「言葉って？」

千早と呼ばれたことに驚きつつも、真っ直ぐに見つめられて落ち着かなくなる。名前を呼ばれただけで心を浮き立たせるのを悟られたくなく、彼から目を逸らしてしまう。それは動揺しています、と言っているのと同義だった。

「結婚するなら君がいい。俺の本心だ」

「いえ、だからそれは……」

人生をかけて償われても困るのだ。だが、千早が言葉を続ける前に理が口を開く。

「いつだって君は、兄さんばかりを気にかけている。兄の相談に乗っていたんだから当然なんだが、それを見ているとすごく腹立たしいんだ。兄さんが千早を友人としか思っていないとわかっていても、羨ましくなる」

「羨ましい？　どうして……」

そう尋ねながらも、彼の目にある種の熱が籠もったことに気づかないわけがなかった。こんな風に見つめられたら、勘違いしてしまいそうだ。

「君に不倫の証拠を突きつけた日、君と兄の絆を見せつけられて、正直、兄さんではなく俺が相手だったら、と考えたよ。あのとき君は、ただ謝るだけで一言だって言い訳を口にしなかった。そんな潔さに感服していたし、そこまで君に惚れられる兄さんが羨ましかった」

「いえ、私は……ただ」

一馬の覚悟が決まっていないうちに、話すわけにはいかなかっただけだ。

憎まれていると思っていたのに、それだけではなかったと知らされると嬉しくて、もしかしてという気持ちが大きくなっていく。

「わかってる。君は兄さんの心を守ってくれただけだ。だからこそ俺は、兄と君の関係に、複雑な感情を持たざるを得ない」

言葉の中に、ホテルで顔を合わせたときのような嘲りではなく敬愛が含まれていると気づくと、面映ゆくなる。

こちらを見る理の目には先ほどよりも愛おしげな熱が浮かんでおり、それが自分に向けられていることが落ち着かない。

「恋愛感情ではなくても、兄と君にはたしかな絆があるだろう。俺は、兄に嫉妬してる」

「嫉妬……」

自分の頬がじりじりと熱を持っていき、期待は確信に変わりつつあった。まさかと思いながらも、彼の口から〝嫉妬〟という言葉が出ると、顔がにやけそうになってしまう。

「絶対に兄さんは君とまた会うだろうと確信があった。だから見張らせていたんだ。ホテルに現れた君は、やはり兄さんの心配ばかりで……。俺は、それが腹立たしくてならなかった。君の目を俺だけに向けたくなった。だから衝動的に、君を……千早を、無理矢理抱いた。きっと、あのときにはもう、懸命に兄さんを守ろうとする千早に惹かれていた」

兄さんを守ろうとする千早に惹かれていた――その言葉に、熱に浮かされていた頭が徐々に冷えていく。

彼の目にも、その言葉にもうそはない、と感じる。

ただ、理のこの気持ちは一過性のものではないかとも思うのだ。

ゲイン・ロス効果も多分に含まれている気がする。

ゲイン・ロス効果とは簡単に言えばギャップのことだ。出会いが最悪だった分、その人のいい面を知ったとき、より強く感情が動くというもの。

しかも、理にとって一馬は大事な家族。その家族を必死に守ろうとした千早に好印象を抱くのは至極自然のこと。そこに罪悪感もプラスされ、恋愛感情だと思い込んでいる可能性を否定できない。

（理さんは、かなり自己評価の高い人……それなら自分に釣り合った人を選ぶはずだもの）

恋人を選ぶとき、人は無意識に自分にふさわしいかどうかを判断していると、心理学的には言われている。

自分を卑下するわけではないが、客観的に自分を見たとき、千早は至って普通の見た目、仕事もまだまだ新人の域を出ず、飛び抜けて優秀なわけでもない。理のような男性に選ばれるだけの理由がないのだ。

「結婚と言ったのも、正真正銘、俺がそうしたいと思ったからだ」

千早の目に困惑の色を見て取ったのだろう。理は千早を説得するように言葉を続けた。

両手を取られてこちらの反応を窺うように見つめられると、彼の端整な顔が間近に迫っていることに胸が高鳴る。

(恋愛って本当に厄介ね……冷静になろうとしたって、こんなの無理よ)

好きな相手にこれだけ言葉を重ねられたら、彼の気持ちは信じがたくとも、その言葉を否定し、拒絶することなどできるはずもない。

「わかりました。でも、結婚は……早まらないでいただきたいです」

真っ赤な顔を隠す術もなく、ぼそぼそと伝えると、理の顔に喜色が浮かんだ。

おそらく千早の表情から反応は悪くないと判断したのだろう。自分の頭に入っているだけの知識などこういうときはなんの役にも立たない。経験がものを言うのかもしれない。

繋いだ手が動かされ、指と指の間を撫でられると、ますます心臓が激しい音を立てる。

「今はそれでいい。でも経験上、時間をかけて事態が好転したことはないんだ。千早をどうにか俺に繋ぎ止めておくにはどうしたらいいか考える。だが、俺が千早の気持ちを無視するような行動を取っていたら、そう言ってくれ」

千早が頷くと、理は手を離さないまま玄関に向かった。もしかしたら送ってくれるつもりなのかもしれないが、たまの休みにこれ以上自分のために時間を使わせるのを申し訳なく思う。

「一人で帰れますから、理さんはゆっくり休んでください。よく見ないとわかりませんが、目の下にクマがありますよ」

いつ病院から呼びだされるかわからないのだから、常に緊張感が抜けないだろう。理の身を案じて言っただけなのに、驚いたような顔をした彼が、なにかを思い出したかのように笑った。

「あの？」

「いや、ますます好みだなと思っただけだ。患者の心配をすることはあっても、俺の身体を心配してくれるのは家族だけだからな。ありがとう」

繋いでいない方の手で髪を撫でられると、ようやく赤みが引いた顔にふたたび熱が籠もりそうだ。

（男性経験がないって知ってるんだから、もう少し手加減してほしい……）

この行動も〝千早をどうにか繋ぎ止めておくための行動〟なのかと考えると、緩む口元を抑えられそうになかった。

「い、いえ……どういたしまして。あの、本当にここまでで」

リビングから玄関までは数メートル。靴を履くには手を離さなければならない。それを名残惜しく感じながらも手を引き抜こうとすると、絡められた指先に力が込められる。

「俺がもう少し一緒にいたいんだ。送っていくよ」

「……理さんが、いいなら。ありがとうございます」

患者の前で優しげな顔をする理を見て、純粋に素敵だと思った。けれど、憎々しげな目を向けられ、もう二度と彼の優しい顔を見ることはないのだと落ち込んだ。もう叶わないと思っていたからこそ、喜びも大きい。

靴を履き廊下に出ると、また手が繋がれる。当然のように差しだされる手を掴むことに少しの迷いもなかった。結婚を前提とした恋人になるなんて決断はできないが、彼の感情が今だけだとしても、向けられた好意はただひたすらに嬉しかったのだから。

来たとき同様に助手席に乗り、エンジン音を聞きながら、自宅住所を伝えた。

「近いのは知っていたが、歩いても二十分かからないくらいで着くな」

理の声は弾んでいた。車ならば十分もかからず、千早にアプローチするのにも不都合がないということだろう。

「実は以前友育医療センターに祖母が通院していて、理さんをお見かけしたことがあります」

祖母の付き添いでいただけだし、ほんの少し話しただけ。理が覚えているはずがないと思いながら口に出すと、ハンドルを切る理が、やや不満そうに口にした。

「……病室で話したこともあるだろう」

「……っ！　覚えてるんですか？」

「記憶力はいい方なんだよ。あのときはあまり話さなかったけど、そうか……千早は兄さんから聞いて俺を知ってたんだよな」

「はい。患者さんに怖がられないように笑顔の練習をした、なんて話も聞いていたので、一馬さんから聞いた通りの人となりなんだなと思いました」

「兄さん……そんなことまで話したのか」

理は前を向いたままだが、少しの不満が混じるその表情を見ていると、拗ねているのだとわかる。少年っぽさのある横顔に親しみを覚えて、触れたくなる自分に驚いた。

（運転中に触っちゃだめでしょう）

衝動的に動きかけた手を押さえるように、膝の上で反対の手を重ねた。

「千早？」

「あ、はい。理さんの話が多かったので。子ども時代の話もいろいろと聞きましたよ。一馬さんがあなたのことを誇らしく思ってるとわかるので、私もついつい聞いてしまって。不快に思われたらすみません」

「不快ではないが、今度からは、俺のことは俺に聞いてくれるか？」

信号待ちで車が停まると、理は深く息を吐きだし、ハンドルに額をのせた。

「理さんに、ですか」

千早としては嬉しい限りだが、いざ、なにかを聞こうと思うと〝私のどんなところを好ましく？〟という問いが浮かんでしまう。調子に乗り過ぎだ。

「……自分の狭量さに呆れる。なにもなかったとわかっていても、兄がすごく羨ましいよ。この仕事に就いたことを後悔なんてしないが、デートをする時間もなく千早に振られるのはいやだな」

信号が青になり、車が発進する。千早の家はこのまま真っ直ぐだ。だが理は、右折専用道路に車線変更をするべくウィンカーを出した。

「ってことで、俺をもっと知ってもらうために食事でも行こう」

「私は大丈夫ですけど。理さん、お時間は」

「呼びだしがなければ休みだ。今日のところは俺のおすすめの店でいいか？」

「はい、もちろんです」

「と言っても、コース料理の店ではない、と先に言っておく。せっかちでな。何時間もかかるコースは苦手なんだ」

「私もその方が助かります。嫌いではありませんが、緊張しますから」

車を走らせ五分ほどだろうか。理は駅に隣接した駐車場に車を止めた。

駅前ともあって付近は近代的な高層ビルが建ち並んでいる。

だが、通りを挟んだ向かいには、住宅兼店舗といった古めかしい低層ビルも数多く建っていた。理が足を進めたのは、古い方のエリアだ。

意識しなければ通り過ぎてしまいそうなビルとビルの間の細い通路を進んだ先に入り口があり、寿司店の看板が掲げられている。木で造られた引き戸を開けると、和を基調とした内装で、カウンター席とテーブル席があった。

「いらっしゃいませ」

カウンターの中には白の帽子を被り、法被を身につけた板前が数名立っている。

理の馴染みの店なのか、勝手知ったる足取りで中へ進むと、テーブル席でとスタッフに伝えた。

千早は案内されるまま、理と向かい合って座る。

「今はランチの時間だから、メニューはそこまで多くない。なににする?」

「初めてなので、理さんと同じものでいいですか?」

「アレルギーは大丈夫か?」

「ええ、特には」

「じゃあ、同じものにしよう。飲み物は?」

「そうですね……ウーロン茶にします」

理は店員を呼び、二人分の注文を済ませた。

テキパキと決めていく様は安心して見ていられる。本人の申告通り、せっかちだというのは本当なのだろう。テーブルについてから注文まで一分もかかっていない。千早は優柔不断な方ではないし外食でもそう悩むこともないが、理はあれこれと時間をかけて悩む人とは合わなそうだ。

頼んだ海鮮丼は十分も経たずに運ばれてきた。セットでついてきたお吸い物、茶碗蒸しといった定番に、海老真薯(しんじょ)は見ているだけで、ふわふわな食感が伝わってきて美味しそうだ。

「いただきます」

二人で手を合わせて箸を進めると自然と会話はなくなる。一馬もそうだったが、理も食べている間は喋らないタイプのようだ。

不思議といやな沈黙ではない。お吸い物を一口飲み、口の中に広がる出汁の香りにうっとりしていると、理がこちらを見ていることに気づいた。

「兄とも、こんな風に食事を？」

「こんな風に？　二人でという意味ですか？」

質問の意図がわからなかった。二人きりで会っていたのは理も知るところだろうに。

「あぁ、いや……悪い。俺は、食事中に話をするタイプじゃないんだ。たしか兄もそうだったと記憶していたから、一緒に食事をするときは同じだったのかと」

「そうですね。一馬さんとは部屋で過ごしていたので、ルームサービスを頼んでいたんですけど、食べている間は二人とも黙々と。なにか話した方がよかったですか？　食べているときに話しかけられるのが苦手なのかと思っていたんですが」

千早が聞くと、理は一度箸を置いて飲み物のグラスを手に取った。喉が渇いていたのか半分ほど飲み、グラスを置く。

「……兄さんが君を頼った気持ちが痛いほどによくわかるな。一緒にいてこれほど楽な相手はいない。千早は相手に合わせていて、苦じゃないのか？」

「まったく苦ではないですね。それに、多かれ少なかれ皆そうしているでしょう？　そもそも仲良くなりたい人にしかしませんし」

「仲良く……そうか」

理の顔は嬉しそうに緩んでいる。

気の置けない家族はべつだが、友人や同僚に合わせるのはもう癖だ。相手がなにを求めているかを考え、返す言葉を決める。そのせいか友人付き合いは長く続くし、自分が好意を返せば、同じだけの好意を返してくれることも多い。

だが、続けられた理の言葉に千早の頬が一気に熱を持つ。

「俺と仲良くなりたいと思ってくれているなら、嬉しいよ」

「あ……」

思わず口を手で覆うと、優しげに目を細くした理がじっとこちらを見ていた。

千早の片思いを知られているはずもないのに、自分の言葉や態度から胸のうちを見透かされているような気がして、言い訳が口を衝いて出そうになる。

「あの、それは……」

「わかってる。そこまでの期待はしていない。でも、許そうとしてくれてありがとう」

理はそう言うなり、また箸を取った。

千早の頰に籠もった熱は冷めやらない。食事中の沈黙がありがたかった。

十五分ほどで食事を終えると、目の前に座る理はとっくに食べ終わっていた。

「ごちそうさまでした」

「足りたか？　デザートもあるが」

「理さんは足りました？」

物足りなそうな理の顔を見て尋ねたが、案の定、理の目はデザートメニューに向いていた。一馬はそこまで甘いものが好きではなかったはずだが、理は違うらしい。

「デザートのおすすめはありますか？」

「食べられるなら、季節のフルーツがのったプリンが美味いぞ」

「じゃあ、それで。全部食べられそうになかったら、もらってくれますか？」

千早が聞くと、理が笑みを浮かべて頷いた。早速、手を挙げて、追加注文を済ませる。

「お仕事中は、なかなか食事の時間が取れませんよね？　病院にいるときはどうされてるんですか?」

「食べたり食べなかったりだな……身体に悪いとわかっているが、時間があるときの一気食いが多い」

「食べられるときにしっかり食べるしかありませんもんね」

「帰りも深夜になる場合がほとんどだから、開いてる居酒屋に寄って食事をして帰ることもあるが。千早は?」

「以前の職場のときは、シフト制で時間がきっちり決まっていて残業もなかったので、お弁当を一食分作って持っていっていましたね。たまに帰りに外食するくらいです」

「休みの日はなにを?」

「私はお酒が飲めないので、友人とヌン活してますね。あとは一人で買い物に行ったり、勉強したり」

「ヌン活?」

「アフタヌーンティー活動……略してヌン活です。予約制で紅茶のお代わり自由なところが多いので、友人とゆっくり過ごしたいときにうってつけなんですよ」

理は納得がいった様子で頷いていた。

そのとき追加で頼んだデザートが運ばれてきた。綺麗に盛りつけられたフルーツとプリンに生クリームはとても美味しそうではあるが、すでに満腹の千早はやはり全部は食べきれないだろう。

「半分くらいは。そちらのお皿にのせても？」

理がもちろんだと皿をこちらに寄せた。千早は崩さないようにプリンにスプーンを入れ、ついでに生クリームとフルーツも半分ほど理の皿に移した。

プリンをすくって口に運ぶ。しっかり硬さのある濃厚な味わいのプリンは食べ応えがあった。甘さは控えめだがトッピングの生クリームと一緒に食べるとちょうどいい。

理は千早が皿にのせたプリンを生クリームごと大きな口で一気に食べる。見ていて気持ちがいい食べっぷりだ。

彼の皿がほとんど空になったところで話しかけた。

「理さんもお酒はまったく飲まないと聞きましたが、仕事柄ですか？」

「あぁ、いつ呼びだされるかわからないし、そこまで酒が好きなわけでもないからな。正月にほんの少し口にすることはあるが、酔うほどの量を飲むことはまずないよ。それにしても、兄は本当に千早にはなんでも話していたんだな。俺のことで知らないことはあるか？」

呆れたように言われると笑ってしまう。たしかに自分はずいぶんと理に詳しくなったが、それはあくまで表面上だ。こうして会って話さなければ、人の本質などわからないものだ。

「仕事柄、口は堅いので、一馬さんも話しやすかったんだと思います」

「兄はほかになにか悩みがあると言っていたか？」

そう聞かれて、千早は曖昧に首を傾けた。

「一馬さんが話した以上のことについては言えませんよ。でも、一馬さんから聞いた理さんの話なら」

理はやや拗ねた様子だったが、千早の答えはわかりきっていたのか、眉をひょいと上げただけだった。

「君と兄が秘密を共有していると思うと複雑だな……」

「私たちも、秘密はあるでしょう」

理と身体を重ねてしまったことは一馬に言っていない。理だってそうだろう。もし一馬が理のしたことを知っていたら、自分を責めるはずだ。彼の性格を考えれば、千早とこの先も友人でいたいなどとは言えないはずである。

「あぁ、たしかに」

理の目にホテルでの夜を思わせる熱が籠もると、千早の脳裏にあのときの光景が浮かび、彼の目を見ていられなくなる。

落ち着けと自分に言い聞かせてスプーンを置くと、理のスマートフォンが音を立てた。彼はスマートフォンの画面を確認し、千早に目礼して電話に出る。

「はい、八木澤……そうか、わかった。すぐに向かう」

一分にも満たない電話を切ると、理は申し訳なさそうな顔で千早を見た。謝罪される前に千早は口を開く。

「お仕事ですよね？　送っていただかなくて大丈夫です。その代わり、ここはごちそうしていただけますか？」

千早の言葉に理は安心したように息を吐き、病院で患者を相手にしているときとも違う優しげな笑みを向ける。

「ありがとう」

「それは私のセリフです。ごちそうさまでした。すごく美味しかったです」

理と席を立ち、彼が支払いをしている間、見ているのも失礼かと離れた場所で待っていた。会計を終えた理と店を出る。

「デートはなかなかできないと思うが……連絡をしてもいいか？」

「はい、大丈夫です。あと、就職先の紹介も助かりました。病院までお気をつけて」

千早が軽く手を振ると、理は急ぎ足で駐車場へ向かっていった。

彼の後ろ姿を見送り、千早も反対方向へと歩く。幸い家までは歩いても一駅分の距離だ。食べ過ぎてしまったし、ちょうどいい運動になる。

理と過ごしたのはたった数時間。けれど、とても濃密な時間だったように思う。二人で話した会話を思い出すだけで、胸が甘く疼いてどうしようもないほど浮かれてしまう。

仕事のときは常に冷静であるようにと心がけている。相談者に共感はしても同情はするな、その言葉は前職で世話になった高梨の教えだ。

理と話していると、いつだって冷静ではいられなくなる。衝動的な言動も多い。それが恋なのかと思うと、なんともしっくりくるものだ。

千早は足を止めて、後ろを振り返る。理の姿はとうにない。

別れたばかりだというのに、次の連絡が待ち遠しくてならなかった。

第五章　いきなりの同棲!?

理から衝撃の告白を受けてから二週間。

今日から千早は、友育医療センターの臨床心理科で勤務する。

面接から初出勤まで一週間という速さだった。面接を担当してくれたうちの一人、臨床心理科の部長が、担当患者は年々増えていくのに人材は減るばかりだと愚痴をこぼしていたくらいだ。猫の手も借りたい状況らしい。

千早は臨床心理科で挨拶を済ませると、部長から指導を担当する三枝和歌子（さえぐさわかこ）を紹介された。

和歌子はこの病院で働いて十年になるらしい。年齢は三十代後半くらいで、優しげで親しみやすい印象だ。彼女は主に小児科患者の担当をしているという。

「よろしくね」

「一ノ瀬です。よろしくお願いいたします」

千早も人好きのする笑みを浮かべて、頭を下げた。それを見た和歌子が満足そうに頷く。

「まずは病院を案内してあげたいところだけど、みっちり患者さんの予約が埋まっちゃってるの。それも三ヶ月先までね。だから、悪いんだけど、指導にじっくり時間は取れないわ。仕事をしながら覚えていってね」

三枝はため息交じりに言った。

「はい、わかりました」

心理検査などは完全予約制のため、職員の残業はほとんどなく、休憩もしっかり取れるようだが、暇だと感じる時間もなく一日があっという間だと和歌子が言った。

臨床心理科の主な仕事は、各科からの依頼で患者の知的能力やパーソナリティのアセスメントをしたり、心理検査やカウンセリングを行ったり、入院、入所中の患者への心理的ケア、ときには患者の心身機能回復のために社会生活技能訓練を行ったりする。

また患者と密に関わる家族から相談を受けることも多い。小児科の患者には、様々な指導プログラムを用いて支援を行っている。

一人一人の気持ちに寄り添わなければならないのは、以前の職場と同様だが、これまで以上にたくさんの知識と経験を求められる働きがいのある職場だと思った。

「じゃあ、早速行きましょうか。しばらくは私について患者さん一人一人を見て。午後からは心理検査を担当してもらうわね」

「はい」

千早は和歌子に続いて、臨床心理科を出た。

真新しい白衣にネームプレートをつけていると、身が引き締まる思いがする。廊下を歩きながら周囲を見回し、院内地図を頭に入れる。

祖母のリハビリのため訪れていたので、外科と入院病棟、食堂やコンビニの場所は知っている。

ちょうど外来の始まる時間なのか、白衣を着た医師と廊下ですれ違う。

(理さんも、外来の時間かな)

告白されたあの日以来、理には会っていない。

心臓外科医として働く理の忙しさは一馬から聞いていた以上で、千早へのアプローチのためか毎日メッセージはくれるものの、その時間は深夜一時、二時を回っていた。

そのメッセージも『俺と同棲しないか?』『合い鍵を渡すから時間があるときに泊まってくれないか?』という、交際歴数年のカップルがするような内容で驚愕したものだ。

デートをする時間がないから、せめてマンションで会いたいという誘いなのはわかるが、付き合いを受け入れてさえいないのに、合い鍵をもらう関係になれるはずもない。

彼が『デートをする時間もなく千早に振られるのはいやだな』そう言ったのは、おそらく過去の経験からなのだろうと察した。デートだと言って昼食を共にした日、あれほどゆっくりできたことが奇跡だったのだ。

だが、そうこうするうちに二週間が経って、理の顔を見られずに寂しさを覚えているのは千早の方だった。マンションに行ってしまおうかと気持ちが揺れている。

告白をされる前は、理と付き合える可能性など万に一つもなかったから会えなくても平気でいられたが、彼の気持ちが自分に向くという奇跡が起きてしまった今は、それが難しい。

（少しでいいから、会いたいな）

同じ病院で働いていれば、顔を見ることくらいはできるだろうと、今日の出勤日を待ち遠しく思っていたほどだ。

和歌子に案内されて来たのは外科病棟。和歌子は勝手知ったる足取りで病室に向かい、柵のあるベッドに座っている少年に声をかけた。

「翔馬くん、おはよう～」

「お～あ～」

根岸翔馬は、朝一番に手術前の検査を受けて、ベッドに戻ってきたところだ。和歌子が声をかけると、翔馬は辿々しく挨拶を返した。

カルテによると、彼はまだ四歳で、染色体異常による疾患で定期的に友育医療センターに通院しており、小児科からの紹介で心室中隔欠損症の手術をすることになったようだ。

この疾患は、知的障害や身体的発達の遅れがみられ、さらに発達障害を合併しやすく、翔馬もまだほとんど会話ができない。それに筋力が弱く、立つのも歩くのも時間がかかるという特徴もある。翔馬が歩けるようになったのも三歳頃だ。

そんな彼と家族の手術前後の治療によるストレスを少しでも和らげるため、臨床心理科に話が来た。それで小児科患者の担当をしている和歌子が受け持つことになったらしい。

「翔馬くん、おはよう」

「……」

千早も同様に声をかけると、翔馬は見たことのない人を警戒しているのか、なにも言わずじっとこちらを見つめてきた。初めてで挨拶を返されるとも思っていなかったため、千早は頬を引き上げて笑みを浮かべた。

「今日はね～、じゃ～ん！　カードを持ってきたよ」

和歌子が様々な果物や動物の描かれたカードを取りだすと、翔馬は目をきらきらさせて手を伸ばした。彼は好奇心旺盛な性格でなんでも人の真似をしてやりたがる。カードをベッドに置いたテーブルに乱雑に並べると、翔馬が一枚を手に取った。

「り～お」

「そうだね、それは、り、ん、ご。よくわかったね。これは？」

「ば～」

「そう、ば、な、な。ほかの果物のカードをここに置いてくれる？」

翔馬は電車や動物のカードを取り、それを果物のカードの上に重ねた。こういうとき、間違っていると即座に否定してはならないらしい。和歌子は翔馬が自分で気づけるように上手くヒントを出しながら、それは果物ではないと気づかせていった。

（さすがベテラン）

千早も日々知識のインプットをしないと、ついていけなそうだ。

三十分後、翔馬の母親が見舞いに訪れて、和歌子が翔馬の発達について話をし終えると、今度はべつの担当患者のもとに向かった。

そうこうするうちにあっという間に時間が経っており、病棟内が昼食の準備で慌ただしくなった。病棟内の廊下を歩いていると、いい匂いが漂ってくる。

空腹で腹が鳴らなければいいなと考えながら和歌子の話に耳を傾けていると、前から白衣を着た理が歩いてくる。翔馬の担当医のため彼の様子を見に来たのかもしれない。

「八木澤先生、お疲れ様です」

「お疲れ様です」

和歌子が声をかけたのを見て、千早も慌てて会釈をした。

「お疲れ様」

毎日深夜まで病院に詰めているとは思えないほど元気そうに見えるが、よくよく見るとやはり目の下にはうっすらとクマがある。

彼の顔を見られたことに浮かれそうになるが、さすがに病院内で馴れ馴れしく話しかけるわけにもいかず、足を進めた和歌子に続こうとすると、真横から理に声をかけられた。

「千早、これから休憩か？」

「あ……はい」

理が新人である千早を名前呼びしたことに驚いたのだろう。和歌子は足を止めてこちらを振り返った。わかりやすく探るような視線に後々どう説明しようか悩む。

「なら、俺もこれから休憩だから一緒に昼食を。職員用玄関で待っていてくれ」

千早は和歌子をちらりと見て許可を得てから、理に答える。

「……わかりました」

千早の返事に満足そうに頷いた理は軽い足取りで翔馬の病室に入っていった。

病棟の看護師の視線が千早に突き刺さる。和歌子と一緒にいるから臨床心理科の職員だとはわかるだろうし、彼との仲を勘繰られるのは間違いない。

それがわからない人ではないから、千早と名前を呼んだのはわざとなのだろう。

（なんのために……なんて考えるまでもないか）

そんな彼の態度からも、好きだと伝えられているみたいで、胸がくすぐったくて、どうしたって嬉しさは隠しきれなかった。

「一ノ瀬さん、八木澤先生とお知り合いなの？」

当然の質問に肯定を返すほかない。

「ええ、そうなんです。実は、ここで臨床心理士を募集していると教えてくださったのが八木澤先生で」

「それだけ？」

「……いろいろとありまして」

千早が言うと、和歌子から好奇心に満ちた視線が送られるが、本当のことを言うわけにもいかず首を横に振った。

「そう。じゃあ、休憩が終わったら、また臨床心理科にね」

「はい、午前中はありがとうございました」

千早がそれ以上答えるつもりがないとわかると、和歌子はすぐに引いてくれた。

職員用の食堂に向かう和歌子と別れて、千早は弁当を取りにロッカーへ寄ってから、裏口の職員用玄関に向かった。途中で何人もの人とすれ違う。メニュー豊富な食堂があっても外で昼食を摂る職員も多いようだ。

自動ドアから外に出ると、湿気を含んだ空気が肌に触れる。風があるからいいが、まだ六月だというのにすでに気温は三十度近い。

自動ドアを戻り、エアコンの効いた室内側で理を待っていると十分ほどで彼が来た。

「悪い、待たせたな。中庭でいいか？」

「暑くないですか？」

「木陰だからけっこう涼しいぞ。でも、七月に入ったらさすがに無理だな」

友育医療センターは都心部にありながらも敷地は非常に広い。中庭には季節の花々が植えられており、入院患者や患者の見舞いに来る人の目を楽しませている。

木陰になっているベンチの一つに腰かけると、たしかに暑さはそこまで感じない。エアコンの効いた室内にずっといたからか、むしろ心地いいくらいだ。

「な？」

得意気に顔を傾けられて、千早は笑いながら首を縦に振った。

「ほんと。気持ち良いですね」

理は早速とばかりに手に持っていたビニール袋を開けた。どうやら昼食はコンビニで買ったおにぎりらしい。

「いつも昼食はここで？」

千早は自分の弁当を開けながら聞いた。

「いや、席で済ませることが多い」

理はそう答えると、おにぎりを二口ほどで食べ終わってしまう。二人で食事に行ったときは、あれでも千早に合わせてくれていたようだ。

「さっき、私に声をかけてよかったんですか？」

「いいに決まってるだろう。俺が千早を口説いてるのは事実だし、誰にも邪魔をされたくないからな」

　勝手に勘繰ってくれるから助かる、と理がいたずらめいた目をして笑った。

「千早に振られたら、ちゃんと俺が振られたって言うから安心しろよ」

　振られたら、だなんて。理の気持ちを百パーセント信じるのはまだ怖く、自分の気持ちを伝えられていないだけだ。むしろ、千早の秘めた恋心を告げる前に、理の気持ちが冷めるのではないだろうか。

「で、仕事はどうだ？」

　紹介した手前、気になっていたのだろう。千早も、紹介してくれた理の顔を潰さないようにしなくてはと思っている。

「三枝さんは丁寧に教えてくれますし、休憩をしっかり取れるのは助かります。皆さん忙しいと聞きましたから、早く独り立ちできるといいんですけど」

「そうなってくれると俺も助かる。意思の疎通が困難な患者さんも多いから。そのうち看護師と一緒にＩＣ（インフォームドコンセント）に入ってもらって、フォローを頼むこともあると思う」

「はい、頑張りますね」

千早がようやく弁当に箸をつけたとき、トートバッグに入れていたスマートフォンが振動し着信を知らせた。箸を置いてバッグを開けると画面が見える。

「あ……一馬さんです」

出てもいいか、とスマートフォンの画面を理に見せると、頷きが返された。

「もしもし?」

『千早、僕。今、休憩中? 少し話せるかな?』

「大丈夫ですよ」

『友育医療センターに転職したんだってね。今度転職のお祝いさせて』

「お祝いなんていいですよ。それで、どうかしましたか?」

『休憩時間にごめんね。実はさ、恵美が家から出ていったんだ。僕が望んだことだし、住まいや金銭的な援助も惜しまないつもりでいるからそれはいいんだけど、彼女……一方的に千早を恨んでるんだ。まだ僕が話したことを信じられないみたいで』

「そうですか……それは、仕方ないかもしれませんね」

『何度も千早は恋愛対象じゃないと説明したんだけどね……私を抱けるなら、千早ともデキるだろうと言うんだ』

人は信じたいものだけを都合良く信じるものだ。夫婦で何度か肉体関係を持っていたからこそ、そう勘繰ってしまうのもわからないでもない。

『千早になにかするとは思えないけど、もしなにかあったらすぐに連絡してほしい』

一馬のため息が電話口から聞こえてくると、理に突然スマートフォンを奪われた。

「理さん?」

「兄さん? 俺。義姉さんの話だろう? なにかあるとは思えないが、念のため千早は俺の部屋に来させるから。え……どういう関係ってそういう関係だよ」

「え、ちょ……っ」

それだけ言うと、理は千早の制止も聞かずに電話を切った。そういう関係だなんて。一馬は自分たちが恋人関係になったと誤解しただろう。

「一馬さんに適当なことを言わないでください」

「適当なことなんて言ってないさ。合い鍵を渡したいって言っただろ。同棲が無理でも、たまにはうちに来てほしいんだよ」

「……本気ですか?」

一度身体を重ねただけで、実際に顔を合わせたのは、片手で足りる回数だというのに。そんな相手に合い鍵を渡したいだなんて。

「俺がそうしたいから言ってる。それに、心配だしな」

恨まれているとは思うが、千早は、恵美がなにかしてくるとは思っていない。

今は一馬の話を信じられず、怒りの矛先が千早に向いていても、時間が解決してくれるのではないだろうか。

「私を信用し過ぎですよ」

「兄にあれだけのことをしてくれた君を信用しない理由がどこにある」

千早はため息をつきたい気分で理に目を向けた。信用してくれるのは嬉しいが、千早にだって下心はあるのに。彼の気持ちが冷めるのを恐れながらも、本心では流されるがまま恋人になってしまいたいと思っているのだ。

「俺は、毎日千早の顔を見る生活がしたい。君の気持ちがそこに追いついていないのはわかっているが、残念ながらゆっくりデートをしている時間がなくてな。俺を知って好きになってもらうためには、生活を共にするしかないんだ」

「そうですね……」

外科医はとにかく忙しい。

朝は七時過ぎに出勤。担当患者の電子カルテをチェック。病棟を回り、担当患者の処置をしなければならない。

そのあとにカンファレンス。それに付随する患者別の資料の作成もある。

緊急手術が入ることもあるが、友育医療センターは基本的に曜日ごとに外来、手術日が決まっており、週に二日が外来、三日が手術日となっている。

ただ、心臓の手術では、術後管理がとにかく重要となるため、手術後はＩＣＵから離れられないらしい。患者に合わせて酸素濃度や呼吸回数などを調整する必要があり、手術後の夜がもっとも目が離せないという。

そんな中でも、空き時間があればタブレットで海外の論文に目を通している、という話を一馬から聞いて、一日二十四時間ではとても足りないのではないかと耳を疑ったものだ。

「それに、俺はもっと千早に会いたい。会えないと寂しい。自分の気持ちを押しつけたくはないが、千早にもそう思ってほしいんだ」

寂しいと言ってほしい、そんな顔を向けられて、彼の言葉を否定はできなかった。

「私も、理さんの顔を少しでも見られたらとは、思っていました」

「つまり？」

「……寂しかったですよ」

「そうか」

正直に千早が答えると、理の顔に喜色が浮かんだ。

彼のマンションで一緒にいられるのは千早としても嬉しい。

一緒に過ごす時間の中で、理の気持ちが冷めていったとしても、降って湧いたような幸運で、いい夢を見られたと思えばいいのかもしれない。

「わかりました。今日、部屋で待ってます」

「よかった。ほらこれ鍵」

「合い鍵を持ってきていたんですか?」

スラックスのポケットから出したマンションの鍵を手渡されて、なくさないようにすぐさまトートバッグの中に入れておく。あとでキーケースにつけておこう。

「昼休みに千早を捕まえて渡そうと思ってたからな。手術日じゃなくてよかったよ。千早が来てくれるなら、遅くなっても必ずマンションに帰る。寝るだけになるかもしれないが……抱き締めて、寝てもいいか?」

最近は、働き方改革により医師の当直日数は減ったらしい。しかし結局、病院でできない事務仕事を家に持ち帰っているのだと聞いた。

「寝るだけ、なら」

外でするにはいささか恥ずかしい話だ。千早は羞恥で赤らんだ頬を見られないように彼を見ないまま言った。

自分の気持ちもまだ固まっていないのに、この状態で身体を求められたら、ホテルの日のように流されるのが目に見えている。

「わかってる」

照れながら言った言葉に、理ははにかんで答えた。

やぶへびだったと気づき、理から目を逸らすと、頭の上にぽんと手を置かれた。

「悪い、もう行かないと。千早はゆっくり休憩しろよ」

気づくと、彼がここに来てから十五分が経っていた。

自分の手元を見ると、弁当はほとんど残ったままだ。彼と一緒に席を立つことはできそうになかった。

「はい。お忙しいのに、誘ってくれて嬉しかったです。午後も頑張ってくださいね」

千早が笑みを浮かべて彼を見ると、ぐっと喉奥でなにかをこらえたような音がする。すると、微かに頬を染めた理が口元を押さえて、ぼそりと呟いた。

「これで触れられないの、けっこうキツいだろ。……さ、仕事、仕事！」

千早は理の言葉に、一人赤面する羽目になったのだった。

そしてその日の帰り。ロッカールームで着替え終えてＳＮＳのチェックをしていると、一馬からメッセージが届いた。

(今日の夜、転職のお祝いをしよう……か。絶対、電話の件よね)

おそらく理が碌な説明もしないまま『そういう関係』だなんて言ったからだろう。千早に聞かれても、なにがあったかは言えないのだが。

しかし、昼間は理にさっさと電話を切られてしまったため、一馬からきちんと恵美の話を聞きたかった。顔を見て話して、無理をしていないかも確認したかったのだ。

メッセージに了承の返事を送ると、すぐに店のＵＲＬが送られてきた。もちろんホテルではなく、半個室のレストランだった。

予約は十九時半に入れてくれたようだ。

今日は定時ちょうどに仕事が終わったため、まだ時間の余裕はある。家に荷物を取りに行ってから、レストランに向かおう。そしてそのまま理のマンションに向かえばいい。

千早は駅に向かって足を進めた。


一馬が予約したレストランはアジアンな雰囲気が漂う店だった。

千早が待ち合わせだと告げると、スタッフがすぐに案内を申し出た。

家族、友人連れの客が多いのか店内は賑やかだが、カーテンがかけられた半個室となっている。どうやら休日の十六時まではアフタヌーンティーもあるらしい。

店の前に置かれた看板には、肉を中心とした多国籍料理と書かれていた。店内にはいかにも食欲をくすぐるいい匂いが漂っている。

「一馬さん、お疲れ様です」

「や、千早。早かったね。お疲れ様。適当に頼んでおいたから、足りなかったら追加しよう」

「ありがとうございます」

手を振る一馬の顔は明るかった。彼のその顔を見られただけでもほっとする。千早は一馬の前のソファー席に腰かけると、横にボストンバッグを置き、近くにいたスタッフにアイスウーロン茶を頼んだ。

ボストンバッグは千早一人分くらいの場所を取っている。一日分でいいはずなのに、洗顔や化粧品と考えていたらそれなりの量になってしまった。

「その荷物」

「あ……はい、ちょっと」

千早が言葉を濁せば、一馬はそれ以上聞いてこない。いつもならばそうなのだが、日中の電話の件から察した一馬が口の端を上げて、言葉を続けた。

「理の部屋に泊まるんだ？　そういえば電話でも言ってたもんね」

「……っ！」

まさか直球で聞かれるとは思っておらず、表情が取り繕えなかった。見る見るうちに赤くなる顔は一馬から丸見えだろう。

「千早の顔色が変わったところを見られるとは。そっか、よかったよ。理はきっと千早を気に入ると思ってたんだ」

「あ、いえ……まだ、付き合ってるわけじゃ」

「付き合ってないのに泊まりに行くの？」

ごもっともな問いに弁解の余地もない。肉体関係を持つつもりがなくとも、求められれきでしょう?」

「あぁ、それは否定できないね。だとしても、なにか問題がある? 千早も理のことが好

「理さんが私を気に入ってくれるのは、一馬さんの件があったからだと思うんです」

ば応えてしまう予想がついているだけに、なにも言えなかった。

やはりバレバレだったらしい。もう一馬に気持ちを隠しておく必要もないが、そこまでわかりやすかっただろうかと落ち込みそうだ。

「でも、理さんの気持ちには私への罪悪感も含まれているんじゃないかと思うと、素直に喜べないんです。それに、私の方が抜けだせなくなりそうなのが、怖いんですよ」

「それくらい本気で理を好きになりそう……なってるってことか」

自覚はあるが、言葉にされるといたたまれなかった。

「兄としては嬉しいよ。理は気が長い方じゃないし、わりと強引なところもあるから、千早に迷惑をかけてないかが心配だけどね」

さすが兄である。理の性格は熟知しているようだ。

たしかに出会って間もないのに同棲を求められたり鍵を預けられたりと、驚くことも多いが、迷惑だとは少しも思っていない。

「大丈夫ですよ」

「ところで、理に僕と食事に行くって言った?」

一馬は行儀悪く両肘をテーブルに突いて、組んだ手の上に顎をのせてにやりと笑った。顔立ちはそこまで似ていない兄弟なのに、なにかを企んだような笑い方はそっくりだ。

「いえ、言ってません。仕事中に連絡するのは迷惑でしょうし、帰りは深夜になると言ってましたから、起きていたら話そうかなと」

「そっか。理のあんな顔を見たのは初めてだったし、意外に嫉妬深いと思うんだよね。さすがに好きな相手に怒りはしないだろうけど、ひどいことをされたら僕に言ってね」

「あんな顔？」

いつの、どんな顔のことだろう、と千早は首を傾げる。

たしかに理からも、兄に嫉妬しているとは伝えられていた。そういえば今日も、一馬から電話があったとき、理にスマートフォンを奪われたのを思い出す。

「この間、千早が家に来たときだよ。僕と千早が話している間中、ずっと不機嫌な顔してたでしょう。千早が僕の手を握ったときなんて殺気立ってたよ。家族以外にはああいう顔は見せないから珍しいなと思ったんだ」

一馬は楽しそうにくつくつと思い出し笑いをした。

「患者さんの前だと、笑顔の練習の成果が出てますよね」

そうか、あれも嫉妬していたのかと納得しつつ頷くと、その理解が嬉しかったのか一馬が安心したような兄としての顔を見せた。

「千早、理のことをよろしくね」

千早はなにも返さず、笑みを浮かべるに留めた。

話が終わったタイミングで、注文していた料理が続々と運ばれてきた。

食事が終わると、一馬が申し訳なさそうに切りだした。

「恵美のことだけど、本当にごめんね」

「いえ、まだなにかあったわけじゃないですし。恵美さんの行き先はわかってるんですか?」

「クレジットカードの使用明細で、ホテルに滞在してるのはわかってるよ。不便がないように近々、彼女の住まいを用意するつもり。今後の離婚についての話も、恵美が不利にならないようにしないとと思ってる。非は僕にあるからね」

そう言った一馬の顔は、以前のような思い詰めたものではなかった。少しずつでも前進しているからだろう。

「そうですか。恵美さんも、時間はかかるかもしれませんが、前に進めるといいですね」

「あぁ、本当にね、そう思うよ。僕なんかより、ずっといい男性と巡り会ってほしい」

千早の母が父を許せたのはいつだったのだろうか。

離婚の原因を聞かせてくれたのは、千早が大人になってからだ。その想いが大きいほどショックも大きく、引きずってしまうのかもしれない。

「カミングアウトして、一馬さんの気持ちに変化はありましたか？」

「あぁ、誰にも言えなかった頃よりもずっと気が楽になった。信頼できる人が、ありのままの自分を受け止めてくれると思ったら、人の目が怖くなくなったよ」

「理さんとご両親に話せてよかったですね」

千早の父も家族に早々に打ち明けられていたら、なにかが変わっていただろうか。けれど、そうなれば自分は生まれなかっただろう。

会いたいとは思わないが、母と自分が金銭面でなんの苦労もせずに生きてこられたのは父のおかげでもあり、それについては感謝しているのだ。

「千早には感謝してもしきれない。ありがとう」

「お礼はもう十分ですよ」

おしゃべりを楽しみ、二時間が過ぎた頃に食事会はお開きになった。店の外に出ると、一台のタクシーが店の前に停まっている。

「途中まで一緒にタクシーに乗っていかない？　理のところなら近いし」

「いいんですか？」

「もちろん」

「じゃあ、甘えさせてください」

一馬が先にタクシーの後部座席に乗り込み、千早も車に足をかけると、背後からシャッター音がした。なんだろうと振り返っても、大勢の人が行き交っているだけ。観光客でもいたのかもしれない。

「千早？　どうかした？」

「あ、いえ。ごめんなさい」

今度こそタクシーに乗り込むと、後部座席のドアが閉まり、車が発進した。理の住所は一馬が伝えてくれた。

十分ほどで理のマンションの車寄せにタクシーが停められる。

「ありがとうございました」

「うん、また連絡するよ、おやすみ」

千早は一馬を乗せたタクシーを見送り、理から預かった鍵でオートロックを解錠した。

自動ドアを通ると、すでにエレベーターは着いており、鍵を差し込むと十二階のボタンが点灯する。理がやっていた通りにしたつもりだが、無事に十二階に着いたときは、ほっとしてしまった。

ドアを開けると、感知センサーライトが点灯する。どこにスイッチがあるかは聞いていなかったため助かった。幸いリビングのスイッチはすぐに見つかった。

千早はボストンバッグをリビングの端に置き、洗面所で手を洗った。

家主のいない部屋で寛げるほど図々しくはなく、しかも理の部屋にはテレビさえないため、本当にすることがないし落ち着かない。

（まだ寝るには早いけど、することもないし、お風呂借りようかな）

その前に、部屋に着いたと理に連絡をしよう。スマートフォンのSNSアプリを開いて、一馬と食事に行ったこと、そのあとに理の部屋に来たことを書いていく。

ちょうど空き時間だったのか、メッセージはすぐに既読になった。

『遅かったから、今日は来てくれないのかと思った』

『兄さんと食事に行ってたんだな』

『今日は少し早く帰れそうだから、寝ないで待っていてくれると嬉しい』

立て続けに送られてきたメッセージに、千早はとりあえず『わかりました』と返事をしてアプリを閉じる。スマートフォンをキッチンカウンターに置き、ボストンバッグからパジャマと下着を取りだし、バスルームへ向かった。

洗面所にしまってあるタオルは、同じ種類のものが整然と並べられており、まるでホテルだなと思いつつ、そのうちの一枚を借りることにした。

使用済みの下着は持ち帰り用の袋に小さく折りたたんで入れておく。今は夏場だし、服もかさばらないため助かる。

購入したシャンプーとトリートメント、クレンジングなどをバスルームの空いている棚に置かせてもらった。

手早くシャワーを浴びて、ドライヤーで髪を乾かす。もしかしたら風呂に入っている間に帰ってくるのではないかと期待したが、そこまで早くは帰ってこられないようだ。

パジャマに着替えてリビングに戻るが、フローリングの真ん中でただ座っているのもおかしい気がして、千早は寝室にお邪魔することにした。

ベッドは朝起きてそのままなのか薄手の掛け布団が足下辺りに丸まっている。

ベッドのサイドテーブルでスマートフォンを充電させてもらい、中央に置いてある理の枕を端に寄せた。そのとき、彼の匂いが鼻を掠めて、思わず固まってしまう。

(ここで一緒に寝るしかないってわかってるけど……っ)

それを承諾したのは自分だが、理の匂いがするだけでホテルでの行為が蘇り、頭が沸騰しそうだ。

(寝るだけだって言ってくれたし)

枕元にあるランプを一番弱い明かりにしてつけて、ベッドに入った。左で寝ればいいのか右で寝ればいいのかを迷い、ベッドの上をごろごろと転がる。

千早はサイドテーブルとは逆側に陣取った。なにかあれば理が言うだろう。

(起きて待っていてほしいって言われたけど、このままじゃ寝ちゃう)

ほどよく満腹で室内は薄暗く静かだ。寝る環境が整い過ぎている。しかも初出勤での疲れもあり、一度まぶたを閉じると、もう持ち上げられなかった。

眠りが浅かったのか、隣に誰かの気配を感じて、ハッと目を開けた。薄暗い室内はどう見ても自室ではなく、そうだ理の部屋に来ていたんだったと気づくまでに数秒を要した。

「悪い、起こしたか」

隣から囁き声が聞こえて目を向けると、ゆったりとしたTシャツに着替えた理がベッドに肘を突いて寝転びながらこちらを見ていた。

「あ、おかえりなさい。すみません……待ってるって言ったのに」

「いや、俺の方こそすまなかった。待っていてほしいと言ったが、寛げるような部屋じゃないことを失念していた」

彼はそう言いながら、千早の髪を撫でた。その手の心地好さにまた眠りに引き込まれそうになる。

「それ……寝ちゃいます」

なにか話があったのかと思ったが、違うのだろうか。千早がまぶたを閉じても、理は髪を撫で続けていた。

「抱き締めていいか?」

「……いいですよ」

千早が理の方を向くと、頭ごと胸の中に抱えられた。手の置き場所に困り、もぞもぞと身動ぐと、すっぽりと抱き込まれて、彼の匂いが強く香る。

もっと緊張するものだと思ったが、眠気のおかげか、理の体温がただただ心地いい。ほぅっと息を吐くたびに眠りに落ちそうになる。

「いやじゃないか？」

理との距離が近づいて、胸元から彼の心音が聞こえてくる。好きだと伝えられないのに、彼の好意だけを受け止める自分はずるい。そう思うのに、好きな人から抱き締められて抗うことなんてできやしない。

「いやじゃ、ないです」

千早が言うと、抱き締める腕の力が強まった。

「兄さんと食事に行って、なにを話したんだ？」

意外に嫉妬深いと、一馬が言っていたことを思い出し、徐々に眠気が覚めていく。瞬きを何度かして、ゆっくりと言葉を紡いだ。

「理さんの、こととか」

「俺に聞けって言っただろう？」

拗ねたような声色で言われて、小さな嫉妬に愛しさが込み上げてくる。

「違いますよ……一馬さんに話したのは、今日、理さんの家に泊まることです」

「あぁ、なにか言ってた？」

「喜んでました。気が合うと思ったから、嬉しいって」

「兄さんは俺の性格をよくわかってるからな」

そこで話が止まり、室内がシンとする。

もしかして眠ってしまっただろうかと、彼の胸から顔を上げると、驚くほど間近で見つめられる。彼の唇が千早の額に触れて、すぐに離れていく。

初めてキスされたわけでもないのに、愛おしげに見つめながら心底嬉しそうにするから、完全に眠気が覚めてしまった。

「何日か分、荷物を持ってきた方がいいよな。今度、車出すから、千早の家に取りに行こう。いつにする？」

本当にせっかちなんだなと笑ってしまう。

彼は千早の表情に気づいておらず、片手でスマートフォンを弄り、予定を確認していた。

「私はいつでも。理さんの都合がいい日にしてください」

「じゃあ、次の日曜日に千早の家から必要なものを運ぼう。部屋は一つ空いてるから、千早の部屋にするといい」

「あの、同棲するとは言ってませんからね」

「泊まって次の日はそのまま出勤するんだろ？　半同棲じゃないか」

荷物を彼の家に運んでしまったら、もう引き返せない気がする。彼との生活にどっぷり浸からないように、荷物を運ぶにしても数日分にしておかなければ。

「日曜日の午前中に迎えに行くから、用意しておいてくれ」

「無理しないでくださいね」

「休みだから。まぁ、いつ呼びだされるかはわからないけどな」

「無理そうでしたら、宅配便で送ります。二日に一回は家に帰りますし、そう荷物も多くないでしょうから」

「帰るのは三日に一回ぐらいでいいんじゃないか？」

「自分の部屋の掃除もしないといけないので」

理の言葉にすかさず千早が返す。

誤解され憎まれていたときは、まさか彼とこんな他愛ない話ができる日が来るとは思ってもいなかった。それでも、いつ終わるとも知れぬ関係だから、一分でも十分でも長く、彼と過ごせたらと思う。

「だったらいっそ引き払えばいい」

「もうっ、同棲するとは言ってないですってば。そんなに私と一緒にいたいんですか？」

つい軽口が過ぎて茶化すように聞いてしまう。すると、理は一瞬、驚いたように目を見開き、そのあとすぐに言葉を返した。

「そりゃ、一緒にいたいさ。こうして寝る前の数分話ができるだけでもいい。千早と何日も会えずに振られるよりマシだ」

彼は手に持っていたスマートフォンをサイドテーブルに置き、千早の身体を抱え直す。そのとき、硬く強張ったものが下半身に当たり、理の身体の熱さが伝わってくる。なにも言わなくとも、彼が千早に興奮しているのは明らかだった。

「……あの、寝るだけって」

千早が言うと、理はわかっていると言いたげに苦笑を漏らした。

「もう二度と、君の意思を無視して強引にことに及ぶつもりはないが、好きな人に触れたいと思うのはどうしようもないんだ。抱き締められるのがいやだったら、いやだと言ってくれ」

愛おしさを孕んだ目で見つめられて、いやだなんて言えるはずがない。

「……初めてのときに、君に痛い思いをさせた。それをずっと後悔している。だから、千早の気持ちが俺に向いたら、やり直しをさせてほしい」

喉元過ぎて熱さを忘れているのか、あのときの痛みはほとんど覚えていない。

「やり直し、ですか」

「あぁ……本当は今だって、君に触れたくてたまらない。でも、無理強いだけは絶対にしない。寝るだけだと約束しただろう？」

千早の表情を見逃さないとばかりに見つめられて、動揺が胸に広がった。喉がこくりと鳴り、逸らしたいのに目を逸らせない。

理の気持ちが一過性のものだったらと考えながらも、好きな人に求められれば嬉しい。

誤魔化しようがないほど彼への想いは募っている。それでも、いつか来る別れへの不安感は消えず、いいとも、いやだとも言えなかった。

どう返せばいいか迷っていると、沈黙に痺れを切らしたのは彼の方だった。

「そんなに怖がらないでくれ。今夜したいとか、そういう話じゃないから」

千早の迷いを見透かすように理が苦笑した。

「わ、わかってます……っ」

「それならいいが」

彼に言われて、なんだしないのかと落胆する自分に驚く。

千早にとっては多少の苦痛はあれど、あれは幸せな時間だったのだ。

こうして抱き締められているだけでも十分だと思うし、相変わらず迷いはあるのに、それでは物足りないと思う自分もいる。

「あの……やり直しのときは、痛くないと嬉しいです」

「そうだな。そのときは、いっぱい気持ち良くしてやる、絶対」

薄暗い室内では自分の真っ赤な顔は見られていないはずだ。それでも恥ずかしくて、口にしてすぐ理の胸元に顔を埋めると、抱き締める腕に力が込められる。

どちらも言葉はなく、ただただ身体を寄せ合っていると、胸元や腹部、下肢が触れあい、身体の奥からじりじりと焼けつくような熱が広がっていく。

薄手の掛け布団を肩までかけていないと寒いくらいに空調が効いていたはずなのに、今は身体が火照り、じんわりと汗が滲んでいる。

パジャマが肌に貼りつく感覚がして身動ぐと、またもや下肢に当たる硬いものを擦ってしまい、彼の身体が小さく震えた。

「あ、あの」

「……好きな女を抱き締めて寝てるんだから仕方ない。気にしないで寝ていい」

そう言われても気になるのですが、と心の中で呟く。くっついていれば余計に辛いに違いなく、そっと距離を取ろうとしても、身体に回された腕は千早を離してはくれなかった。

「なにもしないから逃げないで」

懇願するように言われたら、もうだめだった。千早は彼の背中に腕を回し、身体を密着させる。すると彼の口から、情欲めいた深い息遣いが聞こえてくる。

「……っ」

彼を受け入れたら、溢れだす自分の想いを止める術がないような気がした。それでも、もう自分を止められなかった。

「少しは拒絶してくれないと……俺の独りよがりな気持ちじゃないと、期待してしまうんだが」

理の喉がこくりと鳴り、張りだした喉仏が上下に動く。

逃げるなと言っておいて、その言い草は少しひどい。それに、自分の感情に抗い続けるのは限界だ。彼がしたいと思っているように、千早だって同じだ。迷いはあっても、好きな人に触れられたい。

「……しますか？」

腕の中から理を見上げて言うと、理が突然、がばりと起き上がった。まるで、これから腕立て伏せでもするかのような体勢である。

理は、千早が無理をしていないか、嫌悪感を抱いていないかを確認するように顔を覗き込む。

彼の目には眠気など欠片もない。本当にいいのかと期待するような顔をしつつも、なにかを考えるような素振りをし、首を横に振った。

「理さん？」

「君が俺に合わせてくれているのはわかっているが、俺を好きでもないのに、そんな風に誘うな」

「好きでもない人の部屋に、泊まりになんて、来ません」

恥ずかしさを押し隠して、そう言うほかなかった。好きでもない男を誘う女だとも、流されて肉体関係を持っているとも思われたくなかった。

千早は、初めてのときも今も、自分の意思で彼に触れてほしいと望んでいるだけだ。たとえ理の気持ちがすぐに離れていってしまったとしても、それでいいと思うくらい、彼に惹かれている。

「そういうことばかり言うと、調子に乗るぞ」

「……調子に乗って、いいですよ」

その言葉で千早の想いは伝わっただろう。

理が目を見開き、泣きそうな顔で唇を震わせた。

「本当に？」

「はい」

千早が理の首に腕を回すと、ゆっくりと彼の顔が近づけられて、唇が重なった。唇を食むように口づけられて、自然と開いた隙間から舌が入ってくる。

舌が搦め取られると、口の中に溜まった唾液がくちゅりと音を立てた。

「千早……千早、好きだ……っ」

熱の籠もった声で好きだと告げられ、まるで魔法にでもかけられたかのように、頭の中が彼でいっぱいになる。離したくないとばかりに抱き締められ、求められたら、自分の気持ちを誤魔化すことなどできやしない。

「私も、好き、です」

初めて〝好き〟という言葉を口にすると、彼の口づけがより深まり、貪るように口腔を舌でかき混ぜられた。

言ってしまった。もう引き返せない。早まったかもしれない、という気持ちは多少あるが、遅かれ早かれ、千早は流されていただろう。

(どうなるかなんて、わからないんだから)

釣り合いが取れていないことに気づき、理が離れていくだろうという考えも、千早の思い込みに過ぎない。

今、彼の気持ちにうそはないと信じられるのなら、自分の気持ちにも正直になり、したいことをするべきだ。だめになったら、またそのときに考えればいい。

千早は身体の力を抜き、理に身を任せた。

「はぁ……っ、ん」

舌で口腔を縦横無尽に弄られて、いとも呆気なく、身体が熱を持ち昂っていく。彼のキスが気持ち良いと、千早はもう知っている。

自分からも舌を突きだし絡ませると、触れあった理の身体が小さく震えた。

「キスの仕方、覚えたか?」

唇を合わせながら囁くように聞かれて、そういえば下手くそと言われたのだったと思い出した。

「あなたとしかしてないんですから、そんなにすぐ覚えられません」

千早の言葉になぜか理が嬉しそうな顔をする。

「そうか」

噛みつくように深く唇が重なり、突きだした舌をちゅっと啜られた。身体に回された手で括れに沿うように腰をなぞられて、口から漏れる息遣いが荒くなっていく。

「ん、ふっ……はぁ」

「あー、いい声」

そういえば、あのときもそんな風に言われたのだ。自分の声で彼が興奮してくれるのは嬉しいが、自分だけが恥ずかしいほどに喘がされたことまで脳裏に蘇ってくると、顔から火が出るような心地がする。

「なぁ、やらしいことしたの、思い出した？」

「慣れてないんですから、あまりそういうこと、言わないでください」

ぷいと目を逸らすと顔を追いかけて唇を塞がれる。宥めるように唇を啄まれた。

「仕方ないだろう。君をもう一度抱けることに浮かれてるんだから」

パジャマの上から腰を撫でていた手が肌を滑るように下りていき、緩く臀部を揉みしだいた。

「あ……っ」

軽く揉まれているだけなのに、腹の奥がきゅっと甘く疼き、じっとしていられなくなる。もじもじと足を擦り合わせていると、真上から顔を覗き込まれて、反対側の手でパジャマの上から胸に触れられる。弾んでいる胸の音さえ気づかれていそうだ。

「脱がしても？」

小さく頷くと、彼の手がパジャマのボタンにかかる。器用なのだろう。片手で難なくボタンが外されていく。

寝るときはブラジャーをつけないため、パジャマの下は光沢感のあるスリップ一枚だ。滑らかな肌触りの下着はお気に入りの一枚で、家からそれを持ってきたのは彼を意識していたからに他ならない。

つるりとした生地の上から乳房を包み込まれ、頂の部分を指の腹で軽く弾かれた。

「はぁ……っん」

びくりと背中が浮き上がり、胸を真上に突きだすように動かしてしまう。すると、もう片方の手で、太腿の外側を撫でられ、パジャマのズボンを引きずり下ろされた。

あっという間に下着姿が彼の前に晒される。ぼんやりした室内でも彼の表情が見えているということは、彼からも同じであると気づく。

思わず身体を硬くすると、窺うように彼が顔を覗き込んできた。

「千早？　怖い？」

「あ、いえ……あの、恥ずかしいだけです」

罪悪感から彼がことさら慎重になっているのはわかるが、いやだったらすぐにやめるとばかりに進められるのも困る。

手を伸ばし理の頬に触れると、溜まった唾をこくりと飲み、口を開いた。

「理さんの、好きにしていいですよ。あ、なるべく、痛くないと……嬉しいですが、最初はそういうものだと聞いているので……」

「……ぅ」

言い訳がましく言うと、理がおかしなうなり声を上げて押し黙った。なにかを耐えるような顔をした理を不思議な気持ちで見つめる。

「あの？」

「男に好きにしていいなんて言うな。優しくしたいのに、できなくなるだろう。ただでさえ余裕がないんだ」

彼の口から興奮しきった息が吐きだされ、強引な手つきでスリップを捲り上げられた。柔らかい乳嘴を貪るようにしゃぶられて、その舌の熱さに驚く。

「あっ、あぁんっ」

乳首を強く啜られると、じゅっと卑猥な音が立つ。彼の口の中でぬるぬると舐められていくうちに、あっという間に乳首が赤く色を変え、勃ち上がっていく。

「はぁ、はっ、あっ」

口から漏れだす声が止められない。恥ずかしいのに気持ち良くて、いやいやと首を振るたびに、髪がぱさぱさと揺れ動く。

「もう勃ってる、反応がいいな」

「そ……っなこと、言わないで」

両方の手で乳房を上下左右に撫で回されて、掠めるように先端を舐められる。

「君の身体も含めて、すべてが好きだと言ってるだけだ」

「で、も……っ、あっ」

反対側を指で扱かれると、じんと疼くような感覚がますますひどくなり、じっとしていられない。

「もっと可愛い声を聞かせてくれ」

彼は熱の籠もった声で言い、乳首の先端をちろちろと舐めた。反対側を指の腹で掠めるように爪弾かれて、胸から広がる快感が下腹部にまで到達する。

ちゅっと音を立てて敏感な乳首を吸われると、腰がびくりと跳ね、中心から蜜がどっと溢れでてくる。

「あっ、ん、はぁ……それ、おかしく、なる……」

「気持ち良いって言って」

胸から顔を上げた理が言った。

千早の目が羞恥の涙に潤むが、見せつけるように舌を伸ばして乳嘴を舐められると、熱に浮かされたように彼の意のままになってしまう。

勃起する乳首を、強弱をつけて啜られて、腰が甘く痺れる。千早は腰をくねらせながら、もっととねだるように理の頭をぎゅっと抱き締めていた。

「はぁッ、あ、そこ、気持ち、いっ」

理から満足げな笑みが返され、より感じるポイントを探しながら、舐められ、擦られ、扱かれる。

なにをされても気持ち良いのに、なぜだか徐々に下腹部の奥が物足りないような感覚がしてきて、じっとしていられなくなる。

「あぁっ、あ、はぁっ」

乳首を弄られれば弄られるほど、背筋を駆け抜ける疼きが腰をずんと重くする。

千早は、気づくと無意識に腰を揺らしていた。理の足に押し当てるようにしながら腰を押しつけ、彼の髪をかき回す。

触れられてもいないのに、恥部はすでにぐっしょりと濡れており、ショーツが肌に貼りつくほどだ。そこを弄ってほしくてたまらない。

「ん、も、そこ……っ」

髪を振り乱しながらねだるような声を上げると、硬く凝った乳首を口の中で飴玉のように舐め転がされて、わざとなのか偶然なのか理の歯が先端を掠めた。

その強烈な刺激に、はしたないほどの愛液が溢れる。

「く……ぅっん」

艶めかしい声が漏れる。ぐっしょりと湿ってしまったショーツを見られたくなくて足をキツく閉じると、乳房を押し上げていた彼の手のひらが太腿をぐいっと押し開いた。

「や……っ」

「あぁ、よかった。ちゃんと感じてるな」

理は心底安心したというように息を吐いた。

彼からしたらほとんど経験のない千早を相手にするのは面倒でしかないだろうに、初めてのときも今回も、触れる手は変わらずに優しい。

だが、まるで診察でもするようにまじまじと濡れそぼったショーツを見られて、平静でいられるはずもない。

「あまり、見ないでください」

「千早を抱いているんだから、見るに決まってる。これっきりじゃないんだ、慣れてくれ」

何度だって抱くのだと宣言されて、胸に安堵が広がっていく。彼との未来を示唆されることがこんなにも嬉しい。

「……もちろん千早がいやじゃなかったら、だが」

そう呟く理の自信なげな顔に笑ってしまう。好きになったのは千早の方が先だと告げても、おそらく信じないだろう。一馬から話を聞いて、入院中の祖母に話しかけてくれた優しい理に、ほのかな恋心を抱いていたなんて。

「いやじゃないです」

手を伸ばして理の頬に触れると、顔を動かして手のひらに口づけが贈られる。

「そうか」

理は身体を起こすと、千早のショーツに手をかけ、引きずり下ろした。

ショーツは明日までに乾くかという心配が一瞬頭を過るが、濡れそぼった秘裂をじっくりと見つめられる羞恥にそんな心配はかき消えた。胸の上で丸まっていたスリップも脱がされて、すべてが露わになる。

見ないでと言ってもどうせ見られるのだろう。千早は彼の視線から目を逸らし、シーツをぎゅっと摑む。

千早の足の間に膝を突いた理は、閉じようとする太腿を手のひらで押さえて、足の付け根をなぞった。

「はっ、くすぐったい、です」

敏感な部分に触れられるくすぐったさに足が硬直し、腰が浮き上がる。

「感じやすいところだからな」

さも当然のように言われるが、触れられるたびに背筋がぞくぞくして、落ち着いていられない。ホテルでの一件でどこをどうされれば気持ち良いのかは知っている。あのときのような快感を得たいと身体が求めているのだろう。

「あぁっ」

長い指先でつぅっと秘裂をなぞられて、信じがたいほどに身体が反応する。首を仰け反らせながら甲高い声を上げると、密にまみれた指で秘裂をゆっくりと擦り上げられた。彼が指を動かすたびに、くちくちと濡れた音が響き、いたたまれない気持ちになる。

「この間よりちゃんと慣らさないとな」

ぼそりと呟かれた言葉は独り言なのか。

蜜口を辿り、割れ目を幾度となくなぞられる。その手つきはゆっくりなのに、擦られるたびに蜜がどんどん溢れ、臀部にまで流れていくのがわかる。

「痛くないか?」

「はぁッ、ン……へ、いき……っ」

愛液で濡れた指先でぬるぬるとそこを擦り上げられると、気持ち良いのに物足りないような感覚までしてくる。

「指を挿れるから、力を抜いておけよ」

そう言うなり、太い指先がずぶりと蜜口に押し入れられた。第一関節まで入った指で入り口を拡げるようにくるくると回されると、愛液がくちゅくちゅと泡立つ音がして、汗がどっと噴きでるほどの羞恥に襲われる。

「あっ、それ……やっ」

すると彼は指を止めて、こちらを心配そうに見つめた。

「痛い？」

「痛くは……でも、音が……」

恥ずかしいのだと、羞恥で声を震わせながらもなんとか答えると、小さく笑われた。

「ひどい、笑わないで」

「あぁ、悪い。この間は、君のこういう初心な反応に興奮している自分を悟られたくなくて、必死だったなと思い出して……ついな」

初心なふりが上手いと、何度も言われたのを覚えている。どうやらあれは、千早に興奮しているのを悟られないためだったらしい。つい口元を緩ませて笑うと、指をより奥に押し込まれて、隘路をかき混ぜられた。

「ひぁっ」

背中を仰け反らせて、甲高い声を上げてしまう。

蜜襞を擦り上げながら少しずつ狭い入り口を拡げられた。身体の中を指で触れられる違和感に徐々に慣れてくると、次第に心地好さが湧き上がってくる。

「ン……はぁ、あっ、あ」

彼の指の動きに合わせて、喘ぎ声が漏れた。

痒いところに手が届くような心地好さが身体の隅から隅まで広がっていく。傷をつけないように丁寧に柔襞を撫でられ、反応のいい部分を探られる。

指が動かされるたびに新たな愛液が滲み、ちゅく、ちゅくという水音が引っ切りなしに聞こえて、いやが上にも興奮が高まってくる。

「気持ち良い？」

「はぁッ、あ、いい……すごい、好き」

千早は腰をびくびくと震わせ、彼の手を受け入れんばかりに足を開いていた。気持ち良くて、もっとしてほしくて、指の動きに合わせて腰を揺らしてしまう。

そのうちに、物足りない感覚がしてくると、指が二本に増やされた。

「指だけじゃまだ達けないと思うから、一緒にするよ」

理はそう言うと、千早の足の間に顔を近づけた。

愛液で濡れそぼった陰核をねっとりと舐められて、強烈な快感に背中が波打った。

「あぁあっ！」

咄嗟に理の頭を摑んでも大した抵抗にはならなかった。

「この間も触っただろう。指だと君には刺激が強過ぎるだろうからな。それに、舐めた方が、きっと気持ち良い」

理は額に滲む汗を手の甲で拭い、恥毛に隠れた淫芽に舌を這わせた。その間も緩やかに指を動かされる。

「あぁっ、はっ、あぁ、や……あぁっ」

舌で包皮を捲られて、ぷつりと勃ち上がった花芽を舐められる。激しい愛撫ではないのに、指の比ではない快感が全身に広がり目眩がする。

ぞくぞくする震えが背筋を駆け上がり、脳天を貫く。ざらりとした舌の感触が伝わるたびに、腰が震えて止められない。

「はぁ、あぁっ、だめぇっ、それ……っ、変に、なる……っ」

彼の頭を摑みながら腰をくねらせ身悶えるが、身動ぐたびに片手で太腿を押さえられてしまう。頭の中が陶然としてきて、下肢から聞こえてくる音さえ気にならなくなっていく。

「やっぱり、こっちの方が反応がいい」

彼は淫芽の回りをくるくると舐め、啄むように弱く啜った。

唾液と愛液が混ざり、ちゅぷちゅぷと泡立つ音が響く。

「ひぁぁっ」

口の中で舐め転がされて、凄まじいまでの愉悦に襲われる。

もはや達することしか考えられず、いやいやと首を振りながらも彼の口に押しつけるように腰を浮き上がらせていた。

「達きそうだろ。我慢しなくていいから」

「ん、あっ、わか、んなっ」

また、ホテルで理に触れられたときのようになるのか。それを想像するだけで、全身が怖気立つほどの強い快感に襲われ、四肢が強張った。

「中、すごい締めつけだな……っ」

理の口からも興奮しきった息が漏れた。

「あぁっ、はっ、あぁ、やぁぁっ」

目の前は涙で滲み、開けっぱなしの口からは引っ切りなしにみだりがわしい声が漏れる。

蜜口から溢れた愛液がシーツを濡らしていく。全身が汗にまみれ、肌にシーツが貼りつく不快感さえも、頭にはない。

「はぁッ、ん、くっ……ぅ、あっ」

蜜襞を刮げるように指を引き抜かれ、それを押し戻すように挿れられる。ゆっくりとした動きは次第に速さを増していき、内側と外側から与えられる凄絶な愛撫に次第に追い詰められていく。

抜き差しに合わせて、愛液がじゅぶじゅぶと音を立てた。

下肢がぴんと強張り、鋭い快感が波のように背筋を迫り上がっていく。意識が遠退きそうになると、引き戻すように淫芽をぬるりと舐められた。

「あぁっ、あっ、ん、も、だめ……っ、だめぇっ」

身体の中からなにかが溢れそうで、激しく首を振る。もう離してほしい。どうにかなりそうだ。その訴えは叶わず、さらに強く淫芽を押しつぶされ、啜られた。

同時に蜜襞を指の腹で擦られると、脳裏が真っ白に染まり、息が詰まる。全身が強張り、声も上げられないまま、千早は絶頂に達していた。

「――っ！」

背中が弓なりにしなり、腰が二度、三度と浮き上がる。身体の震えはなかなか収まらず、ようやく息を吐きだしたとき、身体中の毛穴からどっと汗が噴きだした。

弛緩する身体をシーツに投げだしながら、涙の滲む目を下肢に向けた。理は足の間から顔を上げており、絶頂の余韻の中にいる千早を熱の籠もった目で凝視している。

「上手に達けたな。大丈夫か？」

彼は千早の足の間に指を埋めたまま、膝立ちになった。

「は、い……なんとか」

いまだ夢うつつの状態で視線を動かすと、興奮でそそり勃った彼の股間がズボンを押し上げているのが見える。

布地を押し上げる怒張はホテルで見たときよりも大きく感じる。あんなに大きいものを受け入れることができるのだろうかと思いつつ凝視してしまう。

千早がこくりと喉を鳴らしたのがわかったのか、理が喉奥で笑い、片手でズボンをずり下げた。強大な肉塊が飛びだし、ますます顔が引き攣る。

「今、何本の指が入ってるかわかるか?」

隘路にはみっちりと指が入り、その隙間を埋め尽くしている。何本の指が挿れられているのか、千早にはわからない。ただ、圧迫感があっても、痛みはなかった。

「……に、ほん?」

千早が聞くと、理は首を横に振って、ずるりと濡れた指を引き抜いた。目の前に翳されたのは太い三本の指。

あれほどに太くて長い指が自分の中に三本も入っていたとはにわかには信じがたい。だが、濡れてふやけた指がそれを物語っている。

「う、そ」

「ほんと。だから、もう痛くない」

理は膝立ちになったまま腕を伸ばし、ベッドの引き出しから避妊具を取った。濡れた手で破ると腹につきそうなほどそそり勃った肉塊にするすると被せていく。

ただ、いきり勃ったものを蜜口に押し当てられると、あのときの痛みが蘇り、下肢が硬く強張った。

「あのときみたいに、いきなりは挿れないから」

理は千早の下腹部を手のひらで撫でると、親指で腫れた淫芽をゆるゆると押し回した。

「あっ」

達した余韻で敏感な身体は顕著に反応を示す。愛液で濡れそぼった芽を撫で回されているうちに四肢から力が抜けていく。

「はぁ、ん、くっ……ぅ」

膨らんだ先端が襞をかき分けずるりと中に入ってきた。

彼は淫芽に触れながら、軽く腰を揺らし蜜口を拡げるように亀頭を抜き差しする。滲んだ愛液が滑りをよくし、一番太い先端が難なく入っていく。圧迫感はあるがこの間のような痛みはない。

「あぁっ、ん、はぁっ」

千早の気持ち良さげな声に気づいたのか、理がさらに深く腰を進めてきた。もどかしいほどゆっくりなその動きは、中を傷つけないようにするためだろう。

「気持ち良く、なれそうか?」

理が荒々しい息を吐きだしながら、苦しげな顔でこちらを案じるように聞く。

「んっ、気持ち、い、です」

ゆっくりとだが確実に深まる抜き差しに、下腹部の奥がきゅっと切なく疼く。

この間の痛みはいったいなんだったのかと思うほど、亀頭の尖りで蜜襞を擦られる感覚が心地いい。抽送のたびにちゅくちゅくと愛液の泡立つ音がして、その音さえも快感の呼び水となっていた。

(理さんも、気持ち良く、なれてるの?)

理の額は汗に濡れており、前髪が貼りついていた。眉を寄せて、なにかに耐えているようで苦しそうだ。

(好きにしていいって、本気なのにな)

これだけ気遣ってくれたのだからもう十分だ。むしろ疲れている理に、なにもかもを任せきりにするしかないのが申し訳ない。

千早は理の腕にそっと触れると、窺うように彼を見つめた。

「千早?　痛いか?」

どこまでも自分を案じる声に、首を横に振って否定する。

「もう、大丈夫ですから。理さんも、気持ち良くなって」

お願い、と彼の胸に手を当てると、荒い息を一気に吐きだした理がずんっと腰を叩きつけた。その衝撃に目の前がちかちかして息が詰まる。

「……っ」

「そんな風に、男を誘うな。優しくできなくなると言っただろう」

煽ったのは君だからな――理はそう言うと、千早の腰を抱え直した。肉塊をずるりと引きずりだし、媚肉を擦り上げながら押し込む。最奥をとんと穿たれると、火種が一気に燃え広がるように快感がぶわりと膨れ上がった。

「ひぁっ、あっ、ふ……あぁぁっ！」

蜜襞をごりごりと刮げられ、泡立った愛液が結合部から溢れだす。鋭い快感が引きも切らずに押し寄せてきて、思わず下肢に力を込めてしまうと、体内を埋め尽くす屹立がさらに大きくなったような感触がした。

「く……ぅ……っ」

理の口からも気持ち良さげな声が漏れて、千早の胸が充足感に満たされる。この間は最後までできなかったけれど、今日は違う。ちゃんと彼も気持ち良くなってくれている。

恋というものは人を強欲にさせるのかもしれない。

初めて抱かれたあの日、一度だけでいいからと願った。それなのに今は、この時間がずっと続けばいいのにと願ってしまうのだから。

「あぁっ、はぁ、んっ、あぁぁ」

身体が感情に引きずられたのか、欲望の張りだした部分で感じやすいところを突き上げられると、淫らな声が止められなくなる。

抜き差しのたびに、じゅぶ、じゅぶと淫靡な音が響き、結合部が愛液でぐっしょりと濡れていく。

「ぎゅって、して、ください」

触れあっているのが下肢だけなのが寂しくて腕を伸ばすと、理の頬に赤みが差した気がする。彼は、嬉しそうだけど辛そうな、初めて見る顔をしていた。

「……っ、誘い上手だな」

千早の身体に覆い被さった理は、貪るようにその唇を塞いだ。

「ふぁ、んっ」

乱暴に口腔を舐め回され、舌を搦め取られる。片足を抱えて、より身体を密着させると、恥毛が擦れ合うほど深く腰を叩きつけられた。

押し込むような動きで媚肉を突き上げられて、一瞬で意識が攫われそうになるほどの凄絶な快感に襲われる。ぱんっと肌がぶつかるたびに愛液が飛び散り、シーツを濡らす。

「んんっ、ふっ、ぅ……っ！」

最奥をごんごんと穿たれると、腹の奥が痛いほどに疼き、彼のものを締めつけてしまう。息もできないくらい執拗に口腔を愛撫され、凄まじいまでの気持ち良さに四肢が強張る。

じわりと溢れた唾液を美味しそうに飲み込まれて、もっとと言わんばかりに舌の回りをくるくると舐め回された。

「はぁっ……もっ、あぁっ」

空いた手で乳房を鷲摑みにされた。ぐいぐいと押し回し、勃起した乳首を捏ね回される。ひりひりと痛むほど強く引っ張り上げられているのに、蜜襞を擦られると胸まで気持ち良くなってしまい、嬌声が止められない。

「ひぁっ、あぁ、はぁっ……また、きちゃう、から……っ」

「何度でも達けばいいだろう」

媚肉を擦り上げ、硬い先端で最奥を穿たれて、肌が総毛立つ。耳元で囁く声にすら身体が反応し、隘路が淫らにうねり甘く感じてしまう。

「奥が気持ち良い？」

最奥を突くたびに声を上げていることに気づいたのか、彼は勃起した陰茎を先端ぎりぎりまで引き抜くと、勢いよく腰を押し込み、亀頭の張りだした部分で感じやすいところをぐりぐりと擦り上げた。

「はぁ、あぁぁっ、ん、あぁっ」

気持ち良過ぎて、全身が蕩けてしまいそうだ。

腰を震わせながら、首を仰け反らせて淫らな声を上げる。その間も、乳首を捏ねる指先は止まらず、どこもかしこも気持ちがいい。

下肢が密着するたびに彼の恥毛が肌に触れて、ざりざりとするその感覚にすら身悶えてしまう。腰をびくりと震わせると、狙ったようにごりごりとそこばかりを擦られる。

「あ……ふっ、あぁっ、はっ、ん、もう、激し、過ぎ」

容赦のない腰使いで責め立てられて、頭の芯まで彼に溶かされそうだった。自分がどうにかなりそうで少し怖い。

「仕方ないだろ……中が、俺のに吸いついてくるんだ。気持ち良過ぎて、止められない」

「で、も……っ、はぁ、あぁっ」

遠慮のない抽送はさらに激しさを増していく。膣壁を抉るように擦り上げられて、そのあまりの気持ち良さに理性が壊れていく。頭の先からつま先までめくるめく快感に満たされ、意識が陶然としていく。

「はぁ、ふぁっ、あっ、そこ、んんん〜」

「これ、好きだな」

理は喉奥でくすりと笑い、大きく腰を引いた。そして硬く張った先端で最奥を押しつぶさんばかりに腰を振り立てる。

「あぁっ、す、き……それ、好き」

千早が腕を伸ばすと、その求めに応じるように唇が塞がれた。口腔を優しく舐めながら、

乳首を摘まみ上げられ、快楽の波に呑み込まれていく。

「あぁ、すごいな、音。これ全部、千早のだろ」

隘路を激しくかき混ぜられるたびに、泡立った愛液が白く濁り、ぐちゃぐちゃと粘着質な音を響かせる。腰をグラインドさせ恥骨で陰核を擦られると、下腹部が痛いほどに張り詰めて、締めつけを強くしてしまう。

「ひぁぁっ、知らな……理さん、が……気持ち良く、するからぁっ」

千早は細い首を仰け反らせて、悲鳴じみた嬌声を上げた。

指が食い込むほどに乳房を強く揉みしだきながら、貪るように腰を叩きつけられると、またもや深い快感の波がやって来る。

「すっげぇ、いい。もっと激しくしていい？」

彼の声にぞくぞくと総毛立つ。

「あぁぁっ」

返事は言葉にはならなかった。千早はみだりがわしい声を上げながら、理の背中にしがみつき、足を絡ませた。

深々と突き刺された剛直で真上からごんごんと穿たれる。まるで串刺しにされているかのような激しい律動に、もはやなにも考えられない。

「はぁ、あ～いいいっ、ん、もっと」

「可愛い声」

腰の動きに合わせてぽたぽたと滴り落ちてくる汗、耳元で囁かれる艶めかしい声と息遣いにまで快感を拾ってしまい、彼の精を搾り取らんとばかりに隘路が蠢く。

「あぁ、あっ、はぁッ、ン」

身体が前後にぐらぐらと揺さぶられ、よがり声が途切れがちになる。

雁首の尖った部分で感じやすいところを何度も突き上げられると、全身が焼けつくように熱くなり、結合部からどっと愛液が噴きだした。洪水のようにとめどなく溢れる蜜をぐぽぐぽと攪拌され、過ぎる快感に涙の膜が張る。

「……っ、はっ……これ、いい？」

興奮しきった声で尋ねられて、羞恥もなにも忘れてしまったかのように甘く喘ぐ。

「ん、いいっ……気持ち、い……もっと、ぐりぐり、して」

了解と言わんばかりに最奥を責められる。千早がねだった通りに、硬い亀頭で奥をぐりぐりと突き上げられて、荒々しい手つきで乳房を鷲摑みにされた。

「胸も、気持ち良くなってきた？」

「そこも、好き……いいっ、全部、してぇっ」

開けっぱなしの口からたらりと唾液がこぼれ落ちた。それを美味しそうに啜られて、唇を啄みながら、ぶるぶると震える身体を抱き締められる。

「いいよ、全部するから、一緒に達こう」

理は熱っぽい息を吐きだしながら、両胸に顔を埋めた。髪が鎖骨にさらりと触れてくすぐったさに背中を波打たせると、勃起した乳首を強く啜られる。

「ふ、あぁっ」

乳房を上下左右に揺さぶられて、大きな手のひらで揉みしだかれる。噛みつくような勢いで乳首を貪ると、肉厚の舌でべろべろと舐め回す。

その遠慮のなさにさえ感じてしまい、絶頂感がさらに膨れ上がっていく。

「あぁっ、はっ、あぁ、やぁ」

指の腹で乳首をきゅうっと摘まれ、上下に弾くように捏ね回され、密壺を容赦なく突き上げられる。予想だにしない凄絶な快感に涙がぼろぼろと溢れでて、全身が性感帯にでもなったかのように跳ね上がった。

全身がぶるぶると震え、体内を埋め尽くす剛直がひときわ大きく脈動する。

「あぁっ、もぅ、だめ、だめぇっ、達っちゃ……んん～っ！」

千早は背中を仰け反らせながら息を詰まらせ、理の背中にしがみついた。下腹部に溜まった熱が一気に弾け、狂おしいほどの絶頂に襲われる。頭の中で心臓の音がどくどくと激しく響く。意識がどこかに引っ張り上げられ、目の前が真っ白に染まっていく。

「……っ、ぅ」

理が苦しそうな声を漏らし、動きを止めた。そして、千早が達したのとほとんど同時に、最奥で大量の精を放出させた。

身体の力を抜くと、自然と深い息が漏れる。ようやく夢から現実に戻ってきたような感覚がして、気恥ずかしいような嬉しいような気持ちで、覆い被さる理を見つめた。

肩で息をしていた彼が呼吸を整えて、汗に濡れた髪をかき上げた。その凄まじいまでの色気を間近で受け止めた千早の顔は、見る見るうちに真っ赤に染まった。

(私、この人とセックスしたの……?)

現実が現実でないような感覚がする。今、起きたことは夢ではないだろうかとさえ思ってしまい、つい理の頬に手を伸ばした。ぺたぺたと触れていると、幸せそうに笑われて、胸がきゅっと甘く疼く。

「理さんが、笑っているところ、好きです」

「そうか」

彼はわかっていないかもしれない。いつも見せている笑顔にも種類があること。病院で患者に向けている笑顔と、家族に向ける笑顔、そして欲情を孕んだ蠱惑的な笑顔。

この笑みを見られるのは自分だけでありたい。そんな独占欲めいた感情を覚える。叶わないはずの恋が実り、贅沢になってしまっているのかもしれない。一度でも抱かれたら、二度、三度と欲しくなるに決まっていたのに。

千早はもうとっくに、引き返せないほど理を好きになってしまっている。

「これから俺を知って、もっと好きになってくれ」

まるで千早の気持ちを見透かしたかのような言葉を向けられた。

軽く触れあうだけの口づけが贈られて、滾ったままの屹立をずるりと引き抜かれる。

身体は十分過ぎるほどに満足しているのに、身体が離されると引き止めたくなる。

避妊具の先に彼が出した精液が溜まっており、理はそれが溢れないように口を結んでゴミ箱に捨てた。

「千早、シャワー浴びるか？」

ベッドに腰かけた理に聞かれて、千早は頷いた。すると彼が立ち上がり、千早に手を差しだしてくる。その手を摑み立ち上がると、かくりと膝から力が抜けた。

「……っ、やっぱりな」

咄嗟に理が身体を支えてくれていなかったら、そのまま床に転がっていただろう。

「すみません」

「謝らなくていい。ずっと同じ体勢をしていたからな」

理はそう言うと、千早の膝裏に手を添えて抱き上げると、バスルームに向かった。

「理さんっ⁉　重いですから！」

「全然、重くない。それなりに鍛えてるし」

まさか一緒に風呂に入るつもりなのだろうかという予想通り、バスルームの床に下ろされる。理もズボンを脱ぎ、バスルームに足を踏み入れた。

堂々と裸体を晒されて、恥ずかしがる暇もなく、ぬるめのシャワーをかけられた。目の前にある均整の取れた美しい身体にうっとりと見蕩れてしまう。

「髪が濡れるから、少し上げていて」

「はい」

言われるがままにすると、シャワーの湯が身体にかけられる。五分も経たずにバスルームを出て、厚手のバスタオルで全身をくるまれた。

その頃には、彼のものはすっかり萎えていて、ほんの少しだけ残念に思ってしまったのは内緒である。

「今日は早く寝られそうだ」

ベッドに入り二人で横になると、理が深い息を吐きだしながら言った。

「疲れてたのに、無理をしてませんか？」

時計を見ると、すでに深夜一時を回っている。

千早にすればかなり夜更かしをした時間だ。週に何日かこの部屋に来るとしても、彼の睡眠時間を減らさないようにしなければ。けれどそうしたら抱きあう時間もなくなるかもしれない。そう考えると悩ましい。

「無理なわけないだろう。千早がここにいてくれるだけでいい」

「でも、私がここに来たら、寝不足になりません？」

「セックスしたあとの方がよく眠れる。時間をかけて千早を抱けるのは、週末だけになるかもしれないけど。遠慮しないで家にいてくれた方が、俺は嬉しいよ」

千早が顔を赤くすると、額に口づけられる。頭ごと抱えられて、しばらくするとすぐ近くから深い寝息が聞こえてきた。

（もう寝てる？）

たしかにセックスのあとは、心地好い疲れのせいか、眠気がひどい。

千早もまぶたを閉じると、すぐに眠りに誘われていったのだった。


翌日、千早が物音で目を覚ますと、理がクローゼットを開けてワイシャツに袖を通しているところだった。

「悪い、起こしたか。おはよう」

「おはよう、ございます」

のそのそと身体を起こすと、すっかり着替え終えた理が千早の額に口づけを落とす。

「千早はもう少し寝られるんじゃないか？　昨日、疲れさせてしまったからな。仕事に影響が出ないように、しっかり寝ておけよ」

　ベッドに腰かけた理に腰を抱かれ、昨夜のあれこれを一気に思い出す。見る見るうちに頬を染めた千早を見て、理がいたずらっぽく笑う。

「朝ご飯、食べました？」

　昨夜の余韻を残す掠れた声で聞くと、苦笑が返された。

「いや、朝はあまり食べないんだ。病院に着いたら適当になにか口にするよ」

「ちゃんと食べてくださいね。理さんこそ、寝不足じゃありませんか？」

「俺は慣れてるし、昨日は早く寝られた方だ。ぐっすり寝たから疲れも取れてるよ。心配してくれてありがとう。じゃ、行ってくる」

　千早が慌ててベッドから下りようとすると、それを制して掛け布団をかけられた。

「いいから、もう少し寝ておけ」

「……はい、いってらっしゃい」

「行ってきます」

　ふたたび彼の唇が額に落ちてきて目を瞑ると、うつらうつらとしてくる。

　それから一時間後、すっきりと目覚めた千早は自己嫌悪に陥っていた。

（見送りもしないでぐーすか寝てる恋人ってどうなの？）

　昨夜はいろいろと疲れることをしてしまったが、手持ち無沙汰なあまり早寝をしていたのだから睡眠は十分に取れていたはず。

（すでにがっかりされてるんじゃ……）

またもやそんな不安が頭をもたげそうになる。釣り合いの取れない関係はいつか天秤がどちらかに傾き、崩れるものだ、と。

だが、いつかそうなるのではという不安が止められなくても、この関係を長続きさせたいのなら、彼に見合うだけの努力はできるはず。

千早はボストンバッグから着替えを出して、支度を終えると、キッチンの引き出しを開けさせてもらった。

「やっぱり……」

想像通り、キッチンには、鍋どころかフライパン一つなかった。

二日に一度は部屋に来てと望まれているが、この部屋で過ごすのはさすがに暇を持て余してしまうし、キッチン用品がなにもなく、朝夕の食事が外食になると考えると、お財布にも優しくない。

「家から持ってくる？　そうしたら、自分の家のキッチングッズが足りなくなっちゃうし……要相談、かな」

理には申し訳ないし、千早だって一緒にいたいと望んでいるが、事情を話して、この部屋に泊まるのは、週に二日、それも週末だけにしてもらおう。

期待はしていなかったが、冷蔵庫には飲み物しか入っておらず、仕方なくいつもよりかなり早い時間に仕事に向かい、その途中で朝食を摂った。

(理さんも、朝ご飯ちゃんと食べたかな)

食事は時間のあるタイミングでまとめて、という生活をしている彼だ。忙しいときは一食、二食抜くことも珍しくなさそうだと思うと、体調は大丈夫だろうかと心配になる。

(今度お邪魔するときは、朝食くらい用意したいんだけど)

そんなことを考えながら歩いているとあっという間に病院に着く。千早は着替えるために職員用ロッカールームへ向かった。

ロッカールームには縦長ロッカーが整然と数列並んでいる。自分用にあてがわれたロッカーにボストンバッグをしまっていると、通路からひょいと顔を覗かせた和歌子と目が合った。

「おはよう」

「あ、おはようございます」

「ずいぶん大荷物ね」

「あ〜はい、昨日は実家に泊まったので。母も働いていますし、あまり甘えるのも申し訳なくて、洗濯物なんかは持って帰って洗うんです」

誤魔化すように理由を告げると、和歌子はそれ以上聞くこともなかった。

午前中も午後も怒濤のように時間が過ぎていく。昼休憩も昨日のように理に会うことはなかった。

あっという間に一日が過ぎて、初日よりもどっと疲れてしまった。

着替えるため中庭を通り、職員用ロッカールームのある別棟に向かっていると、翔馬とその母親とすれ違った。

おそらく和歌子の後ろにいただけの自分は覚えられていないだろうと、会釈に留めたのだが、翔馬も母親も「あっ」と千早に気づいた顔をして、こちらに向かってきた。

「あ～っ」

翔馬が千早を指差したのは、おそらく千早のブラウスが黄色なことと、ボタンに反応したからだと思う。

今日は翔馬とたくさん遊んだ。その一環で、色の勉強もしたのだが、ちょうどバナナは黄色だと教えたのだ。それで千早のブラウスの色に気づいたのだろう。

翔馬は好奇心旺盛な子で人見知りをほとんどしない。会うのが二度目の千早に対しても昨日のような警戒心はすでになかった。

千早はその場にしゃがみ、翔馬に挨拶をした。

「こんばんは、翔馬くん」

「あ～」

「そうだよ、黄色だね」

千早がブラウスを軽く引っ張ると、それを遊びだと勘違いしたのか、翔馬が手を伸ばしてくる。

「あっ、こら、だめよ！　翔馬！」

「今日、ボタンを留める練習をしたものね。翔馬くんが手術を頑張ったら、また遊べるよ。でも、人の服を引っ張るのはだめよ」

だめ、と示すように首を振ると、翔馬が手を離した。

申し訳なさそうに頭を下げる母親に、一緒に遊んだときにパジャマのボタンを留める練習をしたのだと説明した。

「好奇心旺盛で、楽しんで遊んでくれたんですよ」

「でも、まだ自分ではなにもできなくて……言葉は全然出てこないし……この子、ちゃんと喋れるようになるのかしら……」

母親は諦めたような表情をしてため息をついた。

「発達はゆっくりですが、なにもできないなんてことはありません。少しずつでも、毎日できることは増えていきますから」

千早が言うと、翔馬の母親は作り笑いをして「ありがとうございます」と礼を言った。

自分の言葉が母親にまったく響いていないのはわかった。

（なにも知らないくせに……って思ってるのかな。たしかに、その通りだもの）

今までも、臨床心理士として人に寄り添い、助けになりたいと懸命に仕事に励んできたつもりだ。

しかし、相談者からの話を聞き、悩みの解決に向けて今後の提案をしても『あんたになにがわかる！』と激怒し電話を切られてしまうこともよくあった。今だって、本当の意味で病気の子を持つ親の大変さを理解はできていない。

こういうとき、自分の不甲斐なさで落ち込んでしまう。もっと違う言葉をかければ、この人の気持ちを楽にできたのではないか、と。

「なにか相談事がありましたら、遠慮なく言ってくださいね。私では頼りないかもしれませんが、三枝でもほかのスタッフでも構いませんから。翔馬くん、また明日ね」

バイバイと手を振ると、翔馬も手を振り返してくれた。

中庭を歩く二人を見送り、千早はロッカールームへと急いだ。


何日も空けていたわけでもないのに、自宅に帰ると籠もったようなにおいがした。窓を全開にし空気を入れ換えて、エアコンをつける。

やはり我が家が落ち着く……と思ってしまうのは、まだ理と一緒にいることに慣れないからだろう。

作り置きしていた総菜で夕飯を済ませて、弁当のおかずを何品か作った。寝る準備を済ませてから、最近買った発達支援の教材を読んでいると、スマートフォンが鳴った。

画面には恋人の名前が表示されている。気づけば、もう零時を回っていたようだ。

「理さん？　お疲れ様です」

『あぁ、お疲れ。今日は来なかったんだな』

理は疲れた声をしていた。病棟にいるときはどれだけ疲れていても、それを見せないよう気を張っているのだろう。

「毎日は無理ですよ。大荷物になっちゃうので」

『それはわかってる。日曜日に荷物を運んでからでいい。今日は病院で一度も顔を合わせなかったからな。寂しくて電話した』

「寂しかった、ですか」

動揺が声に出てしまい、電話の向こうから理の微かな笑い声が聞こえてくる。

『付き合ったばかりの恋人が、なんの荷物も残さず出ていくんだからな。歯ブラシくらい置いてあるかと思ったんだが……』

「あ〜えっと……置いていいものか迷いまして。あと、そちらにお邪魔するの、週末だけじゃだめですか？」

『どうして？　やっぱり俺と一緒に暮らすのはいやか？』

落ち込んでいるような声が耳元で響くと、彼の言う通りにしてあげたくなるが、そうして追い詰められるのは結局自分だ。

「そうじゃないんですけど、理さんの部屋、物がなさ過ぎて……ちょっと」

千早が言葉を濁すと、察しのいい理はすぐに気づいたらしい。今頃、なにもない室内を見回しているかもしれない。

『……あぁ、悪い。具体的になにが必要だ?』

「朝食と夕食が毎日外食になるのはお財布的に辛いので、せめてキッチングッズがあれば助かります」

『ほかには?』

「せめてダイニングテーブルくらいあると嬉しいです」

『君が居心地がいいと思う部屋なら、毎日いてくれるか?』

千早が部屋にいないことを本気で寂しがってくれているとわかると、今日も理の部屋で待っていればよかったと思う。

そんなにも一緒にいたいと思ってくれているとは知らなかったのだ。

「あの、洗濯機も貸していただけるなら」

『もちろんだ。うちにある家具は全部君の物だと思っていい。使いにくければ買い直すから、明日は来てくれる?』

週末だけにしようと思っていたのに。好きな人に一緒にいたいのだと甘えるように言われて、千早が断れるはずもなかった。

「……わかりました。あの、理さん」

『ん？』

「朝ご飯だけ、作ってもいいですか？　二人分」

『俺に気を使っているなら……』

「そうじゃなく……私が、勝手に心配してるだけです。仕事中も、理さんが食事をしたかどうか気になっちゃうし。せめて朝食だけでもしっかり食べてくれたら、私が安心できるんですよ」

『そうか……ふっ。わかった。じゃあ朝は、一緒に朝食を摂ろう』

電話口から抑えたような笑い声が聞こえてくる。そして、囁くような声で続けられる。

『なるべく君を疲れさせせないようにしないとな』

「目覚ましをかけますし、理さんが帰ってくる前に仮眠を取ります。それより、疲れてるのに私と電話していていいんですか？　早く寝た方が……」

『疲れていても、千早と話したい俺の気持ちをわかってくれないか？　いつ見限られるかと、まだ気が気じゃないんだ。千早から俺に連絡してくることはなさそうだしな……』

会ったばかりだというのに、千早の性格を熟知されている気がする。千早は人に合わせるのは得意だが、自分から積極的に行動するタイプではない。

そういえば連絡はいつだって理からだと今さら気づいた。

『そこで黙るってことは図星か』

「……メッセージくらいは送りますよ」

『寂しくなっても、電話はくれないんだろう？　俺がなにも行動しないと、自然消滅になりそうで怖いんだよ』

「私だって、好きな人と自然消滅になるのは、いやです」

『君の、たまにそうやってデレるのがたまらないんだよな』

「もう、なに言ってるんですか」

千早は思わずくすくすと笑いを漏らしていた。

理の声を聞き、理の言葉や態度で愛情を向けられて、悩んでいたのがうそのように気持ちが晴れていく。

『そういえば、もう寝るところだったのか？　声が眠そうだったが』

そう聞かれて、目の前で開いたテキストに視線を落とした。

「あ、いえ……勉強してました。今日……帰りに翔馬くんとお母さんと会ったんですよ」

『手術、明日だな。それで？』

「共感はしても同情はするな、と以前の職場の上司に言われていたんですけど、私は本当の意味で共感もできていないような気がしたんです。言葉が軽い……というか。まだ信頼関係さえ築けていないですし」

患者に寄り添おうとすればするほど、自分の言葉が上滑りしているように思えてならない。

精神科や心療内科に通院している患者の予約は月に一度程度。信頼関係を築くのも支援も、長い時間をかけて少しずつ成果を出していくものだ。だから焦りは禁物だとわかってはいるのだが。それでも、言葉選びを失敗したと思うたびにやはり落ち込んでしまう。

『まぁ、わからないよな。想像を絶する大変さだというのは理解できるが……経験していないことを想像するのはなかなか難しい。でも、千早が力になりたいと思っていることは、仕事を通じて伝わるんじゃないか？　だから、そのときのベストを尽くせばいい』

「そうだと、いいのですが」

『抱き締めてやれないときに泣くなよ？』

理が必死に自分を元気づけようとしてくれているのが伝わってくる。

「泣いてません！　でも、ありがとうございます。私なりに精一杯やるしかないって、わかっていますから」

『そうだな』

思わず、噴きだした千早が言うと、理も安心したように言葉を返す。

おやすみの挨拶をして電話を切ったあとも、千早はスマートフォンをいつまでも握りしめていた。

第六章　ずっと、あなたが好きでした

七月四週目の金曜日。理と同棲して一ヶ月ほどが経った。

ベランダに洗濯物を干し終えた理がキッチンに顔を覗かせる。

「洗濯物ありがとうございます。朝食もできましたよ」

千早はちょうど焼けたばかりの玉子焼きと鮭を皿にのせて、サラダにドレッシングをかけながら、ちらりと彼に目を向けて言った。

「あぁ、ありがとう。コーヒーは俺が淹れようか?」

「じゃあお願いします」

ご飯、小鉢に入れた小松菜のおひたし、栄養満点の具だくさん味噌汁、種なしのマスカットもトレイにのせる。話しながらも千早の手は忙しなく動いていた。

一人暮らしのときはこれほど豪華な朝食ではなかったが、毎日の小鉢は常備菜を大量に作っているため手間も少ない。

千早は朝食を並べたトレイをダイニングテーブルに運んだ。

家事は朝食作りと洗濯くらいで、掃除はハウスクリーニング任せだから、楽なものだ。むしろ一人暮らしをしているときよりも快適かもしれない。

流されるまま千早がこの部屋で暮らし始めてから、なにもなかったリビングに物が増えた。ダイニングテーブル、ラグ、ソファー、観葉植物、テレビ。

キッチンには、炊飯器、オーブンレンジ、ミキサー、ホームベーカリー、電気圧力鍋、ヨーグルトメーカー、フードプロセッサー、ホットプレート、なぜかアイスクリームメーカーまである。当然、鍋やフライパンといったキッチングッズも大量に届いた。

彼は、この部屋にいると手持ち無沙汰になってしまう千早を引き止めるため、居心地をよくするべく、手当たり次第にネットで注文したようだ。

物が増えて居心地がよくなると、わざわざ自宅に帰るのが面倒になる。

理の粘り勝ちとも言えるかもしれないが、二日に一回は家に帰るつもりだったのに、理の部屋に千早の私物がどんどんと増えていき、結局、一ヶ月経った今ではたまに掃除をするために自宅に帰るくらいになってしまっている。

それもこれも、千早が自宅マンションに帰るたびに、『明日は家に来るか?』と寂しそうに電話をかけてくる理のせいである。

深夜、疲れた声でそんな電話がかかってきたら、迷惑だとも早く寝てとも言えないし、絆されるに決まっているではないか。

「食べましょうか。いただきます」

「いつもありがとう。いただきます」

二人で手を合わせて箸をつける。

千早の自己満足だとわかっているが、昼食も夕食もコンビニで済ませるか、食べないことも多いという理に、せめて朝食くらい栄養のあるものを食べてもらいたかった。朝食を共に摂れれば、その時間は一緒にいられるという下心もある。

「明日の予定は?」

テーブルを挟んだ向かいで、とっくに朝食を食べ終えた理に聞かれた。

「特になにも。理さんは明日、仕事ですよね?」

「あぁ、一日な。デートの予定も立てられなくてすまない」

申し訳なさそうに言われるのも、もう何度目か。

「謝らないでください。そのために一緒に暮らしてるんでしょう?」

「そうだが、朝と夜中しか会えないじゃないか」

千早は理のその言葉に笑ってしまう。仕事が生き甲斐なのかと思えば、案外さみしがり屋だ。彼は一度懐に入れた人をことさら大事にするタイプらしい。不満そうな表情をしているわけではないから、単純に拗ねているだけなのだろう。

「早く帰ってきてくれるときもあるじゃないですか。それに、こうして朝、一緒に食事ができるから、私はそれで十分です。ほら、たまに病院でも会えますし。私、仕事中の理さんを見るの、けっこう好きなんですよ。かっこいいなと思うので」

千早がごちそうさまでしたと箸を置くと、立ち上がった理がこちらにやって来て、抱き寄せられた。

「理さん？」

「朝から千早が可愛い過ぎてつらい」

抱き締めながら「我慢できない」と呟かれて、どこで彼のスイッチが入るかわからないなと思いながら、千早は理の背中に腕を回した。

「理さんの目に自分がどう映ってるのか、不思議でなりませんけど……」

千早が言うと、額や頬に口づけられ、彼の手が妖しく腰を撫でた。スカートを捲り上げようとする手を慌てて制すると、反対の手で顎を持ち上げられ唇が塞がれた。

「ちょ……んんっ」

口腔を余すところなく舐められるだけで、理に散々快感を教え込まれた千早の身体はいとも簡単に陥落してしまう。

「あっ、ぅ」

ぐいぐいと硬いものを足の間に押し当てられた。昨夜、彼のものを深いところで受け止めた感覚を思い出してしまい、足の間にとろりと蜜が溢れる。

思わず身動ぐと、性急な手が千早の下着を太腿の辺りまで下ろした。

「お、さむ、さっ……だめ」

「挿れさせて、おさまらない」

千早が懇願するように言われると弱いのだと知っている彼は、こういうときばかりその手を使ってくる。耳をべろりと舐められ、背筋からぞくぞくとした痺れが這い上がってくると、もうだめだった。

「いい、です、けど……一回だけ、ですよ」

「わかってる。ちょっと待って」

理はカウンターに置いてある引き出しに避妊具を取りに行った。こういうことが珍しくないから、理は部屋のあらゆるところに避妊具を用意している。

「千早、後ろ向いて」

千早は彼に背を向けて、テーブルに手を突いた。

彼はスラックスをずり下げて、勃起した陰茎に避妊具を手早く被せると、立ったまま千早に覆い被さった。

慣らされないまま長大な彼のものが中に入ってくる感触に肌が粟立ち、腰が震える。

「ひ……ぅっ、ん」

すっかり綻んでいる蜜口は、難なく太い切っ先を呑み込んでいく。

軽く腰を揺らしながら押し入れられて、テーブルに突いた手をぎゅっと握ると、その上から大きな手のひらが重ねられた。

「千早、可愛い……愛してる」

一緒に暮らして、こんな風に抱きあう関係になるまで、彼がこれほどに甘い男だとは思わなかった。会えない時間も多い分、言葉を尽くそうとしてくれているのだろう。ただ、こんな風に日常的に愛していると言われるのは、まだ慣れず、いちいち動揺してしまう。

彼に真っ赤な顔を見られていなくてよかったが、身体は正直だ。甘い言葉を囁かれるたびに、膣が悦び、剛直をより奥に引き込もうとうねる。

「んっ、はぁ……あっ」

背中を仰け反らせながら感じ入った声を上げると、遠慮がちだった抽送が徐々に速まっていく。彼が腰を動かすたびにぐちゅぐちゅと愛液の泡立った音がして、フローリングに淫らな蜜が飛び散った。

「よくなってきた?」

テーブルの上で重ねられた手が、千早の指を撫でるように動かされる。指と指の間をするりと撫でられる感触にさえ甘く感じ入ってしまい、よがり声が止められない。

「い、い……っ、はぁ、あっ、あぁぁっ」

「中、十分に可愛がってやりたいけど、時間がないからな。こっちで感じて」

理の手が前に回され、包皮を捲り上げるように指の腹で淫芽を転がされる。がつがつと腰を叩きつけながら、愛液にまみれた実を弄られて、頭の奥が陶然としていく。

「はぁッ、あぁっ、そこ、も……達っちゃう」

「……っ、もう、中、ぐちゃぐちゃだな」

理も余裕がないのか、恥部を弄る指の動きはいつもよりも強く激しい。

興奮しきった息遣いが耳のすぐ近くで聞こえてくると、よりいっそう深く感じてしまい、媚肉が淫らにうねり雄芯を締めつける。

「あぁっ、理さっ、気持ちい……っ、だめぇ、もう……っ」

首を仰け反らせ甲高い声で甘く喘ぐと、張りだした亀頭の尖りで媚肉を擦り上げながら、最奥をごんごんと勢いよく穿たれる。全身がぶるぶると震えて、開けっぱなしの口からは引っ切りなしにみだりがわしい声が漏れた。

「ほら、奥が好きだろ」

「ひぁっ」

理の言う通り、後ろから貫かれる体位はより深いところに届く。そこを擦られると、千早がいつもよりも淫らに感じてしまうのだと彼は知っているのだ。

「こっちも腫れてきた」

「あっ、も……あぁぁっ！」

同時にぴんと尖った淫芽を指で弾かれ、気が遠くなるほどの心地好さに襲われる。目の前が真っ白に染まり、四肢が強張った。ぎゅうっと力強く息んでしまうと、背後から息を詰めたような呻き声が聞こえてくる。

「……っ、う」

覆い被さる理の腰が震えて、叩きつけるようだった動きがゆっくりに変わった。脈動する屹立が千早の体内に白濁を放出する。

太い陰茎がずるりと抜けでる感覚に身震いすると、ずっと重ねられていた手をぎゅっと握られた。

「もう一回……は無理か、名残惜しいな」

理はため息をつくと渋々手を離し、手早く避妊具の処理を終えた。テーブルに腕を突き身体を支えている千早を立たせ、苦笑を見せる。

「悪かった、無理をさせたか？」

「大丈夫、です」

絶頂の余韻が残る身体は、いまだ熱が冷めやらなかったが、しばらくすれば落ち着くだろう。幸い、千早は出勤までまだ時間がある。

「あぁ、まずいよな。もう行かないと。千早は少し休んでろよ」

理は中途半端なところで引っかかっていた千早の下着を直し、腕時計に目を向けた。その顔は恋人ではなく、すでに医師のものだ。

「行ってくる。土曜日が日直だから、なにもなければ今日は早く帰ってくるよ」

「はい、いってらっしゃい」

千早が背伸びをして理に口づけると、触れるだけのキスが返された。

いまだ足ががくがくと震えていた千早は、その場で彼の背中を見送った。

「はぁ……私も準備しなきゃ」

しばらくしてようやく準備を始めるが、身体の奥にまだ彼を受け入れているような感覚がなかなか消えなかった。

化粧をするためにのろのろと洗面所に行くと、鏡に映った自分の目が赤くなっていることに気づく。先ほどまでの行為を思い出し、下腹部がきゅうっと疼いた。

手が下半身に伸びそうになり、頬が熱くなる。

「なに考えてるの……もう」

化粧品を取りだして、いつもよりも念入りに化粧をする。

今日の仕事の予定を考えていると、ようやく意識が切り替わった。

理の出勤から一時間後、千早も支度を終えて、マンションを出た。一歩外に出るだけでどっと汗が噴きでてきて、肌を焼かれそうな暑さだ。けれど、駅はもうすぐそこ。これもまた、千早が理の部屋に入り浸っている理由の一つでもあった。

病院に着きロッカールームで白衣に着替えて、臨床心理科のドアを開けた。

「おはようございます」

「おはよう」

すでに出勤していた和歌子から声をかけられた。いつもは和歌子よりも早くここに着いているが、今日は朝のあれこれで出る時間がいつもより遅かったのだ。

またもや思い出して赤くなりそうな顔をなんとか誤魔化すと、今日の予定を確認する。

午前中は通院患者のカウンセリングと、精神科からの依頼で心理検査が数件入っている。

(翔馬くんはもうすぐ退院だから、次回の予約について話さないと……あとは)

頭の中で立てたスケジュールを、左手に巻いたバンドメモにボールペンで書いた。

このあとは翔馬のカウンセリングだ。カウンセリング室で翔馬と母親を待っていると、和歌子が切りだした。

「翔馬くん、あなたにも慣れてきたし、私はお母様とお話をするから任せてもいい？」

「はい、もちろんです！」

「じゃあ、よろしくね。隣のカウンセリング室にはいるから、なにかあったらすぐに声をかけてね」

「はい」

それから五分も経たないうちに翔馬が母親に連れられてやってきた。

手術の予後もいいようで、足取りもしっかりしている。機嫌もよさそうだ。

(今日はカードにしようかな)

翔馬の疾患は一つのことにこだわってしまうという特性があり、それを無理矢理中断させると怒って暴れてしまうこともあるため、それとなく興味の向く遊びへ誘導しなければならない。ただ、気に入った遊びがあると何時間でも同じことをし続ける。終わりの時間だとルールを教えるのも、また大切だった。

「翔馬くん、こんにちは」

「あぁ～」

入院前、翔馬はほとんど挨拶ができなかった。

だが最近は『おはよう』『こんにちは』をなんとなく発音しているのだ。今のは、こんにちはの〝は〟だ。発音は〝あ〟でもイントネーションが違うからそれがわかる。もともと好奇心旺盛だから、両親以外との交流もいい刺激になったのかもしれない。

千早は翔馬を連れて、カウンセリング室の隣にあるプレイルームへと入った。ここには療育用の様々なおもちゃが置かれている。

　ここのところ翔馬は数字カードに興味を持っているため、千早はほかのおもちゃを綺麗に片付けて、それだけをテーブルに置いておいた。

「翔馬くん、今日は数を数える遊びをしようか」

「あぅ」

　千早が箱から数字カードを出してくださいとお願いすると、翔馬が言われた通りにカードを出した。積み木のような棒状の教材をテーブルに並べ、カードをバラバラに置いていく。

「はい、これはいくつだろう？　カードで教えてね」

　千早が一本の棒を置き、指差すと、翔馬はじっくりと考えて、数字カードの〝1〟を手に取った。

「そう、一だね。よくできました！　じゃあ、これは？」

　続いて五本の棒を綺麗に並べて聞くと、翔馬は〝3〟のカードを手に取る。

「三かな？　数えてみようか。一、二、三、四、五……わかるかな？」

　ヒントを出すと、翔馬の手が〝5〟に動く。

「あぅ？」

「そうね、合ってるよ！」

思わず撫で回したくなるが、それをぐっと我慢して、一から十までの数字を教えていった。翔馬は飽きずに何度もやりたがる。これほど一つのことに集中できるのは本当にすごい。自分がこの特性をいい方向に伸ばす手伝いができればいいのだが。

どれくらい翔馬と遊んでいただろう。翔馬が突然、整然と並べていた棒を手で掴んだ。五より上の数をなかなか言えなかったから、苛立ってしまったのかもしれない。そう思ったのだが、彼は千早に見せるように棒を持ち上げた。そして。

「い〜」

「翔馬くん！　そう！　一だよ！　うわぁ、すごい！」

千早は思わず大声を上げて拍手を送った。翔馬は得意気に笑うと、二本の棒を掴んで「にぃ〜」と言った。

「二も言えたの!?　すごいね！」

千早が喜んでいるのがわかったのか、翔馬が突然、お腹に抱きついてきた。千早は翔馬を受け止めて、背中をぽんぽんと軽く叩く。

「一ノ瀬さん、声が隣にも聞こえてるから、もうちょっと静かに」

いつの間にプレイルームのドアが開けられていたのか、和歌子と翔馬の母親がドアの隙間から顔を覗かせていた。

「も、申し訳ありません……っ。それより翔馬くんのお母さん！　翔馬くん、今、数を数えたんですよ！」

「見てました……あの、びっくりして」

少し前まで、「あ」と「う」くらしか発語がなかった翔馬だ。だからこそ、千早も驚いている。

「私もです！」

一つ一つの成長はゆっくりだが、毎日、少しずつできることが増えている。それをこんな風に実感するのがなによりも嬉しい。

千早が満面の笑みを浮かべると、こちらを見ていた母親が唇を震わせながら俯いた。

「……ありがとう、ございます」

彼女が頭を下げると、ぽたりと涙が床にこぼれ落ちる。翔馬は母親が泣いていると心配したのだろう。千早の膝の上から下りて、母親のもとに近づいた。

「あ～？」

おそらく「ママ、どうしたの？」と心配しているのだろう。嬉し泣き、という感情は翔馬にはまだ伝わらなくとも、悲しんでいると誤解させたくない。

「ママは喜んでるんだよ。数を数えられてすごいねって」

千早が言うと、母親が翔馬をぎゅうっと抱き締めながら、うんうんと首を縦に振った。

「すごい、びっくりしたわ。ママにも教えてくれる？」

母親が涙を拭いながら一本の棒を差しだすと、翔馬は得意気に「い～」と言った。千早は和歌子とも顔を見合わせ、二人でハイタッチをする。

「すご～い！」

嬉しさのあまり千早がもらい泣きをしていると、母親と目が合った。すみませんと言いながら涙を拭い、翔馬に視線を戻す。

「ありがとうございます……本当に」

それが彼女の本心から出た言葉だとわからないはずがなかった。ぐっと胸が詰まり、ますます涙が溢れそうになる。

「来月いらっしゃるとき、また翔馬くんとお母さんのお話を聞かせてくださいね」

千早が言うと、彼女からも笑みが向けられた。

患者とその家族から向けられる〝ありがとう〟の言葉が、少しずつ千早の自信にもなっている。

理も言ってくれた。千早が力になりたいと思っていることは、仕事を通じて伝わるんじゃないか、と。そのときのベストを尽くせばいいと。そうあれるように頑張るだけだ。

一馬の力になれたように、翔馬の力になれたように。大切な人の支えになれたらと、今は強く思う。

その日、仕事を終えた千早は、スーパーに寄り、休日の食料品を買い込んで理のマンションに帰った。

十九時近くになっても、蒸し暑い。スーパーの空調で一気に汗が引いたと思ったのに、マンションに着く頃には汗で身体中がベタベタしている。

「あっつ」

エントランスに入り、到着したエレベーターに乗り込む。

室内に入り、エアコンをつけると、買ってきた食材を冷蔵庫にしまっていく。

昼間に来たハウスキーパーが洗濯物を取り込んでくれたようで、綺麗に畳まれてソファーの上に置かれている。

千早はアイロンのかけられたシャツをクローゼットにしまい、夕食の準備を始めた。今日は理も早く帰れると言っていたから、多めに夕食を作っておこう。余ったら翌日の昼食にすればいい。

先に夕食を済ませて、シャワーを浴びてからリビングに戻るも、まだ理は帰っていなかった。すでに二十二時を過ぎているから、今日も遅くなるのだろう。

(明日は日直だって言ってたし、ゆっくり休んでほしいけど)

これでも以前より残業時間はかなり減ったらしい。今までは患者に関することは絶対に主治医の許可を仰がなければならなかった。それを友育医療センターはチーム制に変え、患者の情報を共有しながら、対応にあたるようにしたらしい。そうすることで一人一人の負担が減り、主治医が休みのときでもほかの医師が対応にあたれるのだ。

(勉強でもしてよう)

本棚から数冊の本を選んでいく。リビングの棚に並んだ数々のテキストも、理が千早のために用意してくれたものだ。

いつ理が帰ってきてもいいように自室ではなく、ダイニングテーブルに本を広げる。

療育関係のテキストに目を通しながら、時計を見るのももう何度目か。時計を見たところで理が早く帰ってくるわけでもないのに。

寂しい、とは少し違う。もちろん一緒にいられるなら嬉しいが、今でも十分満たされている。ただ、彼が心配なだけだ。食事はちゃんとしたか、休憩は取れているかと、一人でいると理のことばかり考えてしまう。

あまり寂しさを覚えずに済んでいるのは、夜と朝に彼の温もりがあるからだろう。知り合ったばかりで同棲なんてと思っていたが、今となっては流されてよかったとさえ思う。

「ふぅ……さすがに、そろそろ寝ないとね」

時計の短針はすでに〝一〟を指している。明日……すでに今日だが、朝から仕事である理のことを考えると、一人だらだらと寝ていたくはない。

朝食の下拵えも済んでいるし寝室に行こうと椅子から立ち上がったところで、玄関から音がした。

「おかえりなさい……っ」

玄関に行き千早が声をかけると、靴を脱いでいた理が振り返る。

その顔にはさすがに疲れが滲んでいた。

「ただいま、こんな時間まで起きていたのか」

「勉強していたら、いつの間にか。夕飯は食べました？」

「いや……患者の容態が急変して、昼からなにも食べてない」

「すぐなにか用意しますね」

「……悪い」

理はソファーにもたれかかると、深く息を吐きだした。頭上を仰ぎそのまま目を瞑っているが、眉間には深いしわが刻まれている。眠いわけではないのだろう。

（なにか、あったのかな？）

千早はキッチンに立つと、ご飯を丼に入れ、朝食用に作っておいた豚の生姜焼きを上にのせた。味付けはあっさりめに作ったから、深夜でもそこまで重くはないだろう。漬物を小鉢に入れてソファー前のテーブルに運ぶ。

「簡単なものですけど、食べられますか？」

理の隣に腰かけると、彼の身体がぐらりと傾く。体躯のいい理を受け止められるはずもなく、千早は理にのしかかられた。

「理さん？」

「……ちょっとだけこのまま」

理は千早を押しつぶさないようにソファーに寝転がると、千早の頭を抱えて、隙間ないほどに密着し足を絡ませてきた。しかし、それは欲望めいたものではない。

(甘えてる？)

なにがあったのかはわからないが、どれだけ睡眠不足でも、患者の前でそれを見せない理が、これほど弱っているのは珍しい。

聞いて話してくれるかはわからないし、話したくないことかもしれない。千早が黙って彼の背中に腕を回すと、ますますぎゅうとしがみついてくる。

抱き締められているのはこちらなのに、まるで幼子をあやしているかのよう。ふと、今日翔馬に抱きつかれたときのことを思い出してしまった。

どれだけそうしていただろう。

理が何度目かのため息を漏らしたあと、話し始める。

「夕方頃、担当してる患者の容態が急変したんだ」

「そうだったんですか……」

その患者の処置のためこの時間まで帰ってこられなかったのだろう。理の落ち込み方を見れば、おそらく助からなかったのだろうと予測がつく。

「進行性の疾患で、うちで心臓移植の待機をしていたんだ。補助人工心臓手術をして、少しでも進行を遅らせられればと祈るような気持ちでいたんだが……間に合わなかった。そうなる可能性が高いことはわかっていたし、もちろん本人含め、家族にも説明をしていた」

「はい」

「君には、仕事を通じて伝わるだのと偉そうに言ったが、どれだけ力を尽くしても、助けられなければなんの意味もないよな」

「患者さんのご家族に、そう言われたのですか？」

理は緩く首を横に振りながら、千早の髪に鼻を埋めた。千早の髪を梳くことで、荒立つ自分を抑えているように見える。

「いや、ただ……どうして助けてくれなかったのか……と」

大事な人を失った家族の悲しみは計り知れない。どうしようもない喪失感を医師に向けてしまう気持ちも理解できる。

けれど、家族以外でその患者のことを一番思い、誰より助けたいと思っていたのは理だろう。だから、仕方のないことだとわかってはいても、無力感に苛まれているのだ。

「治せない病気も、あるでしょう？」

「あぁ、わかってる……それでも、仕方がなかったとは、言いたくない」

「理さん……」

「いつか同じ病気に苦しむ人が、すべて助けられるようになればいいと思うが、亡くなった命はもう戻ってこないんだ。患者さんの家族にとっては、〝いつか〟なんてなんの慰めにもならないよな」

同じ立場にいない自分がなにを言ってあげられるだろうか。おそらく、千早の慰めは彼には届かないだろう。だから、弱みを見せる彼をこうして抱き締めることしかできない。

千早が背中に回す腕の力を強めると、髪に頬を擦り寄せられる。

「私ね……祖母が入院してるとき、担当医師でもない理さんが話しかけてくれて、嬉しかったんです」

「……大した話はしていないだろう?」

「だから、ですよ。あのとき、おばあちゃん……手術前で不安だったんです。今まで大きな病気一つしたことのない人でしたから……気丈に振る舞ってはいましたけど」

「そうだったのか」

「病院とか、お医者さんに対しての怖さもあったと思います。でも、理さんが気さくに話しかけてくれたでしょう？　私、すごく嬉しかったんですよ」

千早は背中に回していた手を引き、理の頬に触れた。その手を滑らせて、彼の髪を撫でると、彼が気持ち良さそうに目を細める。

「……理さんは、患者さんに精一杯寄り添っているじゃないですか。翔馬くんの手術前だって、忙しい合間を縫ってちょくちょく様子を見に来てましたよね。手術を希望せずに在宅療養を決めた患者さんのところにも、何度も顔を出していたの、知ってますよ」

「患者が手術を希望しなければ、俺にできることは顔を見せるくらいしかないからな。外科医は手術してこそだが、患者と他愛ない話をすることで、自分は病気を相手にしているわけじゃない、人を相手にしているのだと、忘れないようにしているだけだ」

そうやって真摯に一人一人と向き合っているからこそ、命を救えなかったときの遺る瀬なさもまた人一倍なのかもしれない。

そんな理を支えたいと思うし、彼が甘えられる場所は自分でありたいと強く思う。

「手術だって、成功すればいいというわけじゃない。患者の十年後、二十年後のＱＯＬを考えて結論を出す。だから、命を救えなかったとき、本当にこれが最善だったのかといつも考えてしまう。ほかにもっといい方法があったんじゃないかと。……悪い、これじゃあ完全に君に甘えてしまってるな」

理は千早の髪を撫でていた手を止めて、苦笑を見せた。

「理さんが、私にだけ甘えてくれたら、嬉しいです」

彼の気持ちすべてがわかるわけではないが、千早も自分の言葉が相手に伝わらなかったとき、無力感に苛まれた。患者に共感しようとしても、同じ病気でもなく、同じ障がいを抱えているわけでもない自分がどうやって寄り添えるのだと、何度も自問自答した。

そんなときに理が言ってくれたのだ。ベストを尽くせばいいのだと。

だから千早は「自分はこの人のためになにができるのか」「昨日よりも少しでも前進できるように」と考えられた。

「それに、あなたはいつもベストを尽くしてる。私は、そう信じています。私は理さんの話を聞くくらいしかできませんが、あなたが弱音を吐ける場所でありたい。大好きな人の、力になりたいです」

理とこうして一緒に過ごすようになってから、もしかしたら自分たちは仕事に対する姿勢が似ているのかもしれない、と思うようになった。

不器用なほど必死なところ、仕事が関わるとつい私生活を疎かにしてしまいがちなところも。だからこそ、これからも寄り添っていける気がする。

「……千早が好き過ぎて、どうにかなりそうだ。君を前にすると、俺はいつもおかしくなる。こんな風に……誰かに甘えたことなんてなかったんだが」

理は千早にのしかかったまま、照れ隠しなのか、胸に顔を埋めるように伏せた。彼の髪を丁寧に梳いていると、深く息を吐いた彼がようやく顔を上げる。その表情に先ほどまでの憂いがなくほっとした。

「甘えていいですよ。私も、甘えてしまってますから」

そう言うと、愛おしそうに目を細めた理が千早の目尻にキスを落とす。唇にキスをしてほしくて、ねだるように唇を突きだすと、触れるだけのキスが贈られる。

「たくさんの死を見てきたからか、家族や友人、それに恋人と過ごす何気ない日々が、どれだけ幸せかと毎日思うんだよ。千早と過ごす一日一日が、俺にとっては大切なんだ。以前は、この部屋にそこまで帰りたいとも思わなかった。でも今は、千早のところに帰りたいと思うようになった。恋人としては至らないし、寂しい思いばかりさせて申し訳ないとは思うが……きっと、初めて会ったときから、俺は千早に溺れていたんだろうな」

「寂しくはないです。一緒にいるときは、こうやって抱き締めてくれますから」

千早が本心から言っているとわかったのか、理が驚いたように眉を上げた。

「強引に君を抱いて、許しを乞うて、この部屋に引きずり込んで……そんな俺が言うのもなんだが、君は俺に甘過ぎやしないか？」

啄むように口づけをしながら、彼はやや呆れたように言う。

千早は思わず笑ってしまう。たしかに、千早は理には甘過ぎる。ほかの誰かが同じことをしても、きっと許しはしないだろう。

「仕方がないじゃないですか……初めて病院で話をしたときから、ずっと好きだったんですから」

「好きだった？　俺を？」

　一馬から話を聞き、写真の中の理にすでに惹かれていたこと。初めて病院で言葉を交わして、その優しさにますます惹かれたことを話す。

　すると理は、眩しそうに目を細めて、ぼそりと呟いた。

「俺もだよ……初めて会ったあのとき、君に一目惚れをした。笑った君の顔に見蕩れたし、無理をしないでほしいと言われて本当に嬉しかった。おばあさんのリハビリに千早が付き添うと聞いて、また会えるかもしれないと実は年甲斐もなく浮かれてたんだ」

　まさか、と目を丸くすると、苦笑と共に千早の額に彼の額が押し当てられた。

「だから余計に、兄と君がと思ったら許せなくて……ホテルで、あんな真似をした」

　深く吐きだされる息から彼の後悔が伝わってくる。誤解があったとしても、許されるわけがないと、彼がいまだに自責の念に駆られているのがよくわかった。

　千早は、理の髪を手で梳きながら、甘やかすように彼の額に口づけた。

「私、あのとき……嬉しかったんですよ」

「嬉しかった？」

「憎まれているのは悲しかったですけど、恋が叶わなくとも、好きな人に抱いてもらえば、思い出にできると思いました」

　理が驚いたように目を見開き、硬直する。そして、まさかと言いたげに口を開く。

「俺がしたことは強姦だぞ？」

「方法は間違っていますけど、理さんは、一馬さんに会おうとする私を必死に止めようとしてたじゃないですか。一馬さんに聞いていた通り、正義感が強くて、家族を大事にしてる人なんだと思いましたよ」

そう言うと、理が眉間に深いしわを寄せて、長いため息をついた。

「……君は、懐が深過ぎるだろう。だからこそ俺が許されたんだろうが……我慢し過ぎるなよ。心配だ」

「それは私のセリフでもあります。理さんも、無理し過ぎないでくださいね。心配です」

二人で顔を見合わせて小さく笑った。

「お互い見張っておくしかないな」

「そうですね……」

目が合い、こちらを見る理の目に熱が籠もった。

「千早、さっきのもう一回言って」

どちらからともなく唇を重ねて、互いの唇を啄む。

「さっきの？」

「好きだった、って」

キスの合間に囁く声が徐々に吐息を孕む。身体が昂り、火照りだすと、触れるだけのキスでは物足りない。

「好きです。ずっと、理さんが好きでした……っ、ん」

唇を割って舌が差し入れられた。熱い舌でねっとりと口腔を舐められ、彼の手がパジャマの中へ入ってくる。

「俺もだ。ずっと、千早が好きだったよ」

性急で強引な舌に激しく口腔をかき混ぜられて、腰がずんと重くなる。千早は自分から舌を突きだし、彼の舌に絡め合わせた。キスが深まっていくにつれ、口から漏れる息遣いが荒くなり、喘ぐようなものに変わる。

「ん、ふ……ッ、ぅ」

口蓋まで舐め尽くされ、口の周りが互いの唾液にまみれる。それでもキスは止められず、千早はもっとと言わんばかりに彼の髪に指を絡めた。

「キス……気持ち、い」

うっとりと目を細めて言うと、理が嬉しそうに深く唇を重ねてくる。

シャワーをまだ浴びていないからか、理の匂いが強く香って、それがさらに興奮を増す要因となっていた。

「このまま、いいか？」

熱っぽく掠れた声で聞かれて、頷く。

早くほしいと思っているのは千早も同じだった。

「いい……です」

「朝も、したのにな」

押し当てられる肉塊はすでにスラックスの中で硬く張り詰めている。それに気づいた千早は、彼のベルトに手を伸ばし引き抜いた。

「君といると際限なく求めてしまう」

理は、口角を上げて笑いながらも、千早にされるがままになっている。

「私も……理さんといると、いつも」

それ以上は言えず頰を染めると、口角を上げたままの理が機嫌良さげに千早の手に自らの手を重ねた。スラックス越しの剛直に触れてしまうが、期待するような理の目を見て、つい撫でるようにそこに触れてしまう。

「……っ、いつも、なに？」

そう聞かれて、千早の喉が鳴った。

布越しでも彼のものが十分なほど張り詰めているのが感じ取れる。形を確かめるように手を滑らせながら肉棒を摩った。

「これで、気持ち良くしてほしいって……思ってます」

羞恥で潤んだ目を向けると、噛みつくように唇を貪られた。

「ん、んっ……ふぁ、はぁっ」

　パジャマを捲り上げられ、乳房をスリップ越しにぐいぐいと揉みしだかれた。弄られてもいないのに乳首がつんと尖ってくると、強弱をつけながら柔らかい肉を揉み、凝った実を指先で転がされる。

「あぁ、あっ、そこ」

「手が止まってるぞ」

　胸へ与えられる刺激に夢中になり、つい手を止めてしまうと、彼は自分から千早の手のひらに押しつけるように腰を動かした。先ほどよりも熱く脈打つ肉棒にますます興奮が高まる。

「本当だな、ほしいって顔してる」

　彼は片手で器用にスラックスのホックを外し、ファスナーを下ろした。そして下着をぐいと下に引くと、くれてやるとばかりに反り返った陰茎を千早の手のひらに擦りつける。

「すごい、おっきい」

　恥ずかしくてたまらないのに興奮が止められない。千早は手のひらで直に肉棒を包み込み、下から上へと撫でていく。何度も見たことはあったけれど、実際に手で触れたのは初めてだ。硬い芯の周りを薄い皮が覆っているようで、手を動かすたびに皮が動く。

「ちょっとは、気持ち良いですか？」

「ちょっとどころじゃないな。君に触られてると思うだけで、達きそうだ」

理の口から興奮した息が漏れた。彼の言葉にうそはなく、手のひらの剛直は先ほどよりもずっと大きく膨らんでいる。それにより千早の興奮も高まり、彼のものに触れているだけなのに腹の奥がじんと疼き、足の間が落ち着かなくなる。

彼が荒く息を吐きだすたびに千早の身体も昂り、もじもじと両足を擦り合わせてしまう。それを察した理が乳首を弄っていた手を下半身に滑らせた。

「ひぁっ」

途端にびくりと腰を浮かせた千早は、彼の手を挟むように足を閉じた。しかしいたずらな指先が愛液の滲みだした秘裂を難なく撫でる。

「あっ、あぁんっ」

「触ってもいないのに、もう溢れて、垂れてきてる」

陰唇をぬるりと擦り上げられ、蜜口からつぅっと溢れた愛液が臀部へと伝い落ちる。指先で蜜をすくい取られて目の前に翳されると、顔が沸騰しそうなほどの熱を持った。

「だって……っ」

「朝、一回しか達かせてやれなかったからな、物足りなかっただろ。今夜はたっぷり時間をかけてしようか」

にやりと笑った理にそう言われ、流されそうになるのをぐっと押し止める。理の誘いは嬉しいが、ただでさえ疲れている理をこれ以上疲れさせるわけにもいかない。

「でも……理さんは、明日も仕事ですよ」

「こら、いい雰囲気のときに冷静になるなよ。大丈夫だ。外来はないし、休めるときは仮眠室で休む。それに……千早を抱いたあとの方が、ぐっすり眠れる」

だから可愛がらせて――好きな人にそう言われたら、抗えるはずもない。休んでほしいと思うのに、すでに抑えきれないほど彼に欲情してしまっている。

彼はソファーの上で膝立ちになり、ワイシャツのボタンを外し、脱ぎ捨てた。千早のパジャマを頭から引き抜くと、ズボンも同じように脱がし、まとめてソファーの横に落とす。

「明るいところで見ると、この格好、かなりエロいよな」

彼の視線が千早の胸から下半身の辺りを行き来する。

「た、ただの下着です」

散々弄られた胸の突起が、光沢感のあるスリップの布地を押し上げている。ちょうどショーツをぎりぎり隠すような長さもまた情欲をそそるのだと、千早は気づいてもいない。

しかし、明るい場所で下着姿をじっくり見られていると、なぜか裸よりも恥ずかしいような気がしてくる。

「そうだな、ただの下着なのに、千早が着ていると思うと興奮する」

ふたたび、大きな手のひらに乳房が包まれ、布を押し上げる乳首を上へ下へと弾かれる。

布越しの刺激はもどかしく、無意識のうちに腰をくねらせていると、反対側の手で太腿を強引に開かれた。

「ひゃぁっ」

彼が、濡れそぼり色を変えた千早のショーツを見ていると気づくと、全身から汗が噴きだしそうなほど恥ずかしくなった。足を閉じようともがいても、がっしりと太腿を摑まれているため叶わない。

「見ちゃだめです」

「どうして？　自然なことだろう。俺に抱かれたいと思ってくれている証拠だ」

そう言いながらも彼の口元は弧を描いている。千早が恥ずかしがっているとわかっていて、その初心な反応を楽しんでいるのだ。ならば堂々と見せてやればいい、と思えるわけもなく、羞恥に駆られれば駆られるほど、彼を喜ばせる結果になってしまっている。

「それでも、恥ずかしいものは恥ずかしいんです」

「さっきまで俺のを嬉しそうに触ってただろう」

「う、嬉しそうにだなんて！」

ぶんぶんと首を横に振って否定しても、自分がそうしていたのは事実だ。恥ずかしさのあまり目に涙が溜まってくると、それに気づいた理がすかさず謝ってくる。

「悪い、からかい過ぎた……」

理の口から舌打ちとため息が漏れた。千早に対して苛ついているのかと思ったが、どうやらそうではないらしい。彼は口元に手を押し当てて、ばつが悪そうに目を泳がせる。

「どうしようもないな」

「なにが、ですか?」

「……千早が、恥ずかしがったり、泣いたりしてると、いつも以上に興奮する。君はいつも冷静だろう。だから……セックスしてるときは、俺の前でしかその顔を見せないんだと思うと、気持ちが盛りあがってしまって。優しくしたいと思ってるんだ、これでも」

そう言って肩を落とした理に、いつもの自信など欠片も見られない。なんだかそんな姿が愛おしく、千早はくすくすと声を立てて笑った。

「笑うなよ」

「理さんは、十分優しいです。そんなあなたが、大好きですよ」

「優しくできなくなるようなことを言うな」

理は千早の太腿に触れたまま、床に膝を突いた。そして千早のショーツを足から引き抜くと、開いた足の間へと顔を寄せてくる。

彼がなにをしようとしているのかを察し、太腿が強張る。何度もされたことはあるけれど、明るいところでまじまじと見られると思うと、やはり羞恥心は消えてくれない。

「何度も達けば、恥ずかしさなんて感じなくなる。いつもそうだろ?」

彼の息が股間にかかり、その刺激にさえ甘い声が漏れそうになる。それをぐっとこらえると、唾液を絡ませた熱い舌がぬるりと秘裂をなぞり、腰がびくりと震えた。

「ん……っ」

陰唇の谷間に沿うように舌を動かされて、あまりの気持ち良さに肌がぞくぞくと粟立つ。襞を一枚一枚丁寧に舐めしゃぶられると、恍惚としてしまう。時折、太腿の付け根や、臀部に近い太腿の裏側を手のひらで撫でられて、全身が果てしない快感の渦に呑み込まれそうだ。

「はぁ、はっ、あぁっ」

知らず知らずのうちに腰が揺れて、彼の口に押しつけるように浮き上がる。いまだ残る理性で羞恥に襲われながらも、劣情の孕んだ目はすっかり快感に濡れていた。

空っぽの隘路が彼を求めてうねり、新たな愛液をたらたらと流す。それを美味しそうに啜られて、勃起した淫芽を口に含まれた。

「あぁぁっ」

敏感な芽を口の中で舐め転がされて、腰ががくがくと淫らに震えた。

溶けてなくなってしまいそうなほどの心地好さが次から次へとやって来ると、なにも考えられなくなっていく。真っ赤に腫れた芽の先端を弾くように舌が動く。そのたびに溢れる愛液を、じゅ、じゅっと啜り上げられて、気持ち良過ぎておかしくなりそうだ。

「はぁッ、あっ、ん、もう……だめぇっ」

千早が切なげな声を漏らしながら、首を仰け反らせると、ますます舌の動きが激しさを増していく。執拗に花芽を舐め回され、舌の先端で擦り上げられる。耐えがたいほどの喜悦に襲われ、開けっぱなしの口からは引きも切らずによがり声が漏れた。

「ひぁあっ、ん、あぁっ、くぅっん」

いやいやと首を振りながらも、もっとと彼の髪に指を差し入れる。達したくてたまらず、彼の口に押しつけるように腰を上下に振ってしまう。

早く達して、彼のもので身体の中を埋め尽くされたい。そんな欲求に駆られたのか、隘路がきゅうっと切なく疼き、どっと大量の蜜が溢れた。

「こんなに濡らすほど、俺がほしい？」

理はそう言いながら、蜜口に舌を這わせ、溢れた愛液をちゅうっと音を立てて啜る。同時に指の腹で押し回すように淫芽を転がされる。

「んぁあっ！」

その強烈な刺激に目の前で火花が散り、呆気なく達してしまう。

「達ったか。ほら、もう一度だ」

「え、や……待って、やぁっ」

絶頂の凄まじい余韻で頭が真っ白に染まり、ソファーに四肢を投げだしていると、彼の唇がふたたび足の間に近づいてくる。そして、ヒクつく蜜口を激しく舐めしゃぶられて、下腹部が痛いほどに張り詰めた。

「ひぁぁあっ、今、だめぇっ、あぁっ……っ」

みっともないくらいに腰ががくがくと震えて、悲しくもないのに涙が溢れる。

膣からこらえきれないなにかが漏れそうになり四肢に力を込めると、ますます激しく舌を動かされ、凄まじいまでの快感に襲われる。

それは気持ち良いどころか苦しくて、啜り泣くような声が口から漏れた。開きっぱなしの口からは飲み込みきれなかった唾液が溢れ、目はうつろに宙を彷徨う。

「ひぁ、やっ、やぁっ、も……はぁっ」

「可愛い、千早……もっとだ」

ぼろぼろと涙をこぼし快感に乱れる千早を、理は足の間から惚けたように見つめた。

絶頂の余韻の冷めやらぬままふたたび鋭い愛撫を与えられる。

過ぎる快感は苦しいだけなのに、それでも身体は彼を求めているのか、ぴんと尖る芽を扱くように舐められるたびに、あられもない声を上げてしまう。

「あぁっ、はぁっ、なんか、変に、なるからぁっ」

「変になって。千早も俺に溺れればいい」

千早がどれだけいやいやと首を振っても、理の愛撫は止まらない。それどころか、ますます執拗に口淫を続けられる。溢れた愛液が舌の動きに合わせて、ぐちゃぐちゃと卑猥な音を立てる。

「ちゃんと中もしてやる」

そして次の瞬間、太く長い指がずぶりと膣内に突き挿れられ、弱いところを擦り上げられると、千早の身体がひときわ大きく跳ね上がった。

「あぁぁっ！」

千早は目を見開き、甲高い声を上げた。全身が痙攣するように震え、指が勢いよく引き抜かれる。

「やぁっ、ん、だめぇ……っ」

背中が波打ち、力を入れていた四肢が緩むと、足の間からなにかが噴きだした。ぴゅ、ぴゅっと漏れた淫水がソファーのすぐ近くに飛び散った。足をだらりと開いた千早の股間はぐっしょりと濡れているが、すでに羞恥を感じる余裕さえない。

「はぁ、はぁっ……」

「千早……その顔、俺にしか見せるなよ」

理は愛おしげに千早の顎を掴むと、唇を重ねた。

千早はいまだに収まらない全身の震えを持て余しながらも、されるがままにキスを受け止める。彼がそうしたいなら拒絶する気はない。ただ、少し休ませてほしいとは思うのだが、口づけが深まるとそれを言葉にすることもできなかった。

「ふっ、ぅ、ん、んっ」

舌を搦め取られて、美味しそうに啜られた。舌の回りをくるくると舐められると、もう無理だと思っていたのに、腹の奥からじんわりとした快感が生まれてきて、自分でも信じがたい気分になる。

「はぁ、はぁっ、ふぅ」

「今度は中で達こうな」

理は、ソファーに膝を突き、千早の太腿を持ち上げながら足の間に身体を滑らせる。

力の入らなくなった腕を彼の背中に回すと、いきり勃った剛直を蜜口にぴたりと押し当てられた。いつの間に避妊具を装着したのかとぼんやりとその光景を眺めていると、ソファーの隙間にいくつかの避妊具が挟まっているのが見える。

(こんなところにまで……)

用意がいいなと思いながらも、秘裂に押し当てられた陰茎を滑らせるように動かされて、飢えきった蜜口がきゅうきゅうとうねり、そんなことはどうでもよくなってしまう。

「はや、く……っ」

涙に濡れた目で彼を見上げる。ねだるように腕を引き寄せると、彼の身体の重みがかかり、ずんっと一気に欲望を突き挿れられた。

「ひぁ、ぁあっっ！」

最奥をごんと穿たれ、叩きつけるような律動が始まり、快感の余韻が色濃く残る身体は、呆気なくまた達してしまう。

「――っ」

あまりの衝撃に息さえできない。それでも、綻んだ蜜口は難なく彼を受け止めて、悦んでいる。びくびくと痙攣する媚肉を張りだした亀頭で擦り上げられ、気が遠くなるほどの心地好さに襲われる。

「……っ、そんなにイイか？」

欲情しきった声で囁かれると、隘路がさらにきゅっとうねった。耳に息を吹きかけられるだけで、腰が大袈裟なほど跳ね上がる。

「ん、あっ、イイ……っ、繋がってるとこ、すごく、熱くて」

何度も達したせいで、もはや自分がなにを口走っているかさえわからない。ただ、本能の赴くままに感じ入った声を上げてしまう。

「奥、もっと」

後頭部に回した手で理の髪をかき混ぜながら引き寄せた。ますます身体が密着し、恥毛が擦れ合うほど深く肉茎を突き挿れられる。

「あぁっ、はぁっ、ん、あぁっ」

太い竿が隘路を埋め尽くし、体内で脈動している。敏感な蜜襞を、亀頭の張りだした部分で撫でながらずるりと引きだされるたびに、引き止めるように媚肉が蠢く。

「あぁ、すごくやらしいな。俺を離したくないいって吸いついてくる」

理は、ずんずんと腰を叩きつけながら、スリップ越しに乳房を揉みしだいた。布地を押し上げる乳首を指で弾き、上下左右に押し回される。

「はぁっ、あぁっ、ん、また」

「どこに触れても感じるのか」

「――っ！」

乳首をきゅっと摘まれると、胸から広がる快感が脳天を貫き、またもや達してしまう。結合部からは引っ切りなしに愛液の泡立つ音が響き、互いの肌を濡らしていく。

「ほら、恥ずかしさなんて、なくなっただろう？」

理の声すらも耳に入っていない。

「あぁぁっ」

「ははっ、聞こえないいか」

激しく身体を揺さぶられて、容赦のない律動で追い詰められる。真上から腰を突き立てられ、最奥をごんごんと穿たれると、頭の中が真っ白になるほど気持ち良い。

「ひぁっ、あぁ、はぁっ……それ、好きぃっ、奥、ずんって、して」

「いいよ、こうか？」

硬く張った雁首がめり込むほどの勢いで抽送が続き、そのたびに噴きだした愛液がぐちゅ、ぐちゅっと卑猥な音を立てる。

「ん～っ、あぁっ！」

背中を弓なりにしならせながら達すると、理が動きを止めて、深く息を吐きだした。身体の中で脈動する屹立は、すでにはち切れんばかりに膨れ上がっている。

「また達ったのか。搾り取られそうだ……っ」

理の顔が近づいてきて、目尻を舐められる。喉がひくりと引き攣り、目元に溜まっていた涙がぽろぽろと溢れだした。

「気持ち良過ぎて泣いてるのか。君のそんな顔は俺しか見ていないんだと思うと、たまらない気分になるな」

絶頂感が過ぎ去り、落ち着いたと見計らったのか、ふたたび律動が始まった。愛液が粘ついた音を立ててかき混ぜられる。

「ひっ、ん、あっ、あぁっ」

理は自らの快感を追うように、腰を振りたくる。素早く小刻みに腰を揺らされ、貪るように激しい抽送が繰り返されて、何度となく意識が遠退きそうになる。

「はぁっ、あぁっ、また、達く、もう、だめぇっ」

散々喘がされたせいで、声は掠れきっていた。開いた足が宙でぴんと張り、彼の頭を手でぐっと摑む。

「俺も……もう……っ」

激しく乳房を揺らされ、喉元に噛みつくように口づけられると、ぴりっと痛みが走った。その衝撃で下腹部に力が入り、体内をみっちりと埋め尽くす肉棒を締め上げてしまう。

「……っ、くぅ」

理の苦しげな声が聞こえて、彼に目を向けると、唇が塞がれ口腔を激しく貪られる。すると、体内で脈動する屹立がひときわ大きく膨れ上がった。

腰を震わせた理は、子宮口を押し上げるような動きで腰を穿ち、最奥で欲望の飛沫を解き放った。

「ひぁぁっ！」

ひときわ大きい快感の波に包まれた瞬間、千早も同時に達していた。四肢が強張り、腰がびくびくと跳ね上がる。

精も根も尽き果てたような疲れが一気にやって来て、汗がどっと噴きだした。心臓の音が頭の中で大きく響く。肩で息をしながら絶頂の衝撃に耐えていると、繋がったままの状態で腕を摑まれ、身体を起こされた。

「あっ、ん」

ソファーに座った彼を跨ぐような格好だ。千早は身体に力が入らず、くたりと理の肩にもたれかかった。

抱かれたあとの疲れと、全身を包む幸福感に満たされ、理の首に顔を擦り寄せる。くすぐったかったのか、彼がぴくりと反応し、汗ばんだ額や目尻に口づけられた。

「落ち着いたか?」

達き過ぎて疲れ果てているため、抜くのを待ってくれていたのかもしれない。千早はそう考えた。

「は、い……」

だがそれは間違いだったようで、千早が小さく頷くと、理はソファーの隙間に手を入れて新しい避妊具を取りだした。彼は滾ったままの陰茎をずるりと引き抜き、素早く避妊具を付け替える。

そして千早の身体を持ち上げ、背後から抱き締めるような体勢になると、乳房に触れながら、足の間に手を伸ばす。

「ここ、痛くない?」

彼の低く艶めかしい声が腰に響く。指先で秘裂をつぅっと撫でられて、もう無理だと思っていたのに、口から漏れるのは甘やかな息遣い。

「ん……ぅっ」

「あぁ、まだ達けそうだな」

彼は楽しげに囁き、秘裂の谷間にある実をきゅっと摘まんだ。

「はぁっ、ん」

思わず腰をびくりと浮かせると、彼が腰をずらし、勃起した陰茎を足の間に滑らせた。肩で引っかかっていたスリップのひもを下にずらすと、露わになった乳房を両手で覆い、尖った先端を爪弾きながら、押し回してくる。

「胸も、敏感で可愛いな」

指先で扱くように乳首を擦り上げられた。同時にうなじに口づけられて、ねっとりと舐められる。舌がぬるぬると動くその感触で肌が粟立ち、乳首への愛撫と相まって、蜜口から新たな愛液が溢れ出る。

「あぁっ、ん、んっ」

千早は力の入らない身体を彼に預け、ソファーの下に足を投げだしていた。しかし、胸を弄られるたびに腰を揺らめかせてしまい、足の間でそそり勃つ肉棒を擦ってしまう。

「はっ、あ、あぁっ、擦っちゃ……や」

「なに言ってる。自分で腰を振ってるんだろう？」

腰をぴたりと押しつけられているせいで、先端の張りだした部分で陰唇がずりずりと擦られて、その刺激がなんとも言えない心地好さを生み出している。

「ちが……っ、そこ、くっつけるから……っ」

避妊具に覆われた長大な陰茎は、溢れ出た千早の愛液にまみれ濡れ光っている。それが潤滑油となり、身動ぐたびにぬるぬると滑るのだ。

「くっつけるから？　なに？　挿れてほしくなる？」

千早が肩にもたれかかり頷くと、顔を傾けた理が嬉しそうに唇を塞いでくる。ちゅっと音が立ち、唇を離すと艶めかしげな声が漏れた。

「物欲しそうな顔してる」

理はそう言いながら、腰をゆるゆると上下に振った。勃起した亀頭の先端が陰唇の谷間にぴたりと押し当てられて、淫らな蜜にまみれた谷間を擦り上げられる。

「あっ、はぁっ、や、だめ、それ」

雁首の尖りで敏感な芽が撫でられ、得も言われぬ心地好さが湧き上がってくる。溢れた愛液が腰の動きに合わせて、ぐちゅぐちゅと音を立てる。

肉茎が陰唇を滑るたび、蜜口を貫かれる想像をしてしまい、ぞくりと腰が震えた。もう何度となく達しているのに、まだ足りないとばかりに隘路が彼を求めて蠕動する。

「ここ、擦ってるだけで、また達きそうになってるだろう」

「ん、あぁっ、だって、こんなの、すぐ、達っちゃう」

可愛いな、と耳元で囁かれ、頭の中が淫らな欲望でいっぱいになる。真っ赤に腫れた淫芽やヒクつく蜜口を硬い肉棒でぐりぐりと擦られ、下腹部の奥がきゅんと切なく疼いた。

「何度でも達っていいと言っただろう。もっと激しく擦ってやろうか」

理は腰を小刻みに揺らしながら、割れた陰唇を先端でずりずりと擦り上げる。彼が腰を揺らすたびに愛液がとろとろと溢れ、天を向く竿を濡らしていく。

「はっ、擦るたびに、君の穴が吸いついてくる。俺の方が我慢できなくなりそうだ」

彼もまた快感を得ているのか、耳元で聞こえる息遣いがひどく荒い。ヒクつく蜜口に先端を押し当て、浅瀬をちゅぷちゅぷと抜き差ししては、すぐに抜いてしまう。

「はぁっ、あぁっ、や、それ……もう、早く」

早くほしい。奥まで貫いてほしい。そんな期待にごくりと喉が鳴った。下腹部が痛いほどに張り詰めて、彼を欲しがる隘路が淫らにうねる。

「……っ、君を抱いてると、こんなにも自分に性欲があったのかと驚くよ」

彼も我慢の限界だったのか、荒々しい手つきで乳房を揉みしだきながら、ぴたりと蜜口に押し当てた亀頭をぬぷぬぷと呑み込ませていった。

「はぁ……っ」

隙間なく埋め尽くされる充足感にほぅっと息が漏れる。千早は喉を仰け反らせながら満足げに喘ぎ、欲望を甘く締めつけた。すると理の口から狂おしげな声が漏れる。

「そんなに締めつけるな。挿れただけで、達きそうだ……っ」

背中に触れる彼の身体は驚くほど熱い。

彼は千早の太腿を持ち上げると、激しい動きで真下から腰を突き立てた。その余裕のない動きに頭の中が真っ白に染まり、限界を迎えるのはすぐだった。

「あぁぁっ！」

全身がぶるぶると震えて、足の間から噴きだした愛液がソファを濡らす。達した余韻に浸る間もないまま、滾った肉棒で媚肉を擦り上げられて、恐ろしいほどの愉悦が駆け巡る。

「ひぁっ、あっ、だめ、やっ……待ってぇっ！」

「悪いが無理だ」

背中をしならせ天井を仰ぎながら悲鳴じみた声を上げて訴えるも、まったくもって余裕がないのか、細いうなじに嚙みつかれて腰を叩きつけられる。

「あぁっ、いや、あっ、ン、無理ぃ……っ」

首筋をちゅうちゅうと啜られながらの鋭い突き上げに、全身が限界を訴えた。だが、蜜口を容赦なくかき混ぜるような抜き差しはより激しさを増していく。大きく足が開かれると、律動に合わせて、足先が宙で揺れる。

「はぁ、あぁっ、また、達く、達く……もう、やぁっ」

いやいやと首を振りながら、腰を波打たせる。

綻んだ蜜口がヒリつくほどに擦り上げられ、もう達けない、無理だと思うのに、先端を押し込まれるたびに、媚肉が悦び彼のものを美味しそうにしゃぶり尽くす。抜き差しに合わせて、粘ついた愛液がぐぽぐぽと音を立てて、臀部へと伝った。

「こんなに濡らしていたら、身体の水分がなくなりそうだな」

荒々しい息遣いの中で聞こえる卑猥な言葉にさえ身体が昂ってしまう。彼に抱かれるようになってから、自分の身体がどうにかなってしまったのではないかと思うほど、快感に溺れている。

「首を舐められるのも、好きだろう。ほら、中がきゅうきゅう締まる」

彼は息を荒く吐きだし、腰を振りたくりながら、首筋に噛みついた。

「ひぁっ」

ねっとりとうなじに舌を這わせて舐められると、全身が甘く痺れて、隘路がきゅうっと蠢き、男根を締めつける。それがとてもイイのか、うなじが真っ赤に染まるほど吸いつかれて、歯を押し当てられる。震えるような刺激がぞくぞくと背筋を這い上がり、頭の先まで駆け抜ける。

「あぁっ、はぁ、それ、だめぇっ、やぁ」

喘ぐ声は掠れきっていた。

目はうつろに宙を彷徨い、すでに限界を超えている。四肢には力が入らず、雄々しい肉棒に貫かれる凄絶な快感だけを拾っている状態だ。

腰をずんずんと押し込まれ、目の前が涙で霞み、おぼろげになった。粘膜を擦り上げられ、最奥を穿たれると、耐えがたい喜悦に襲われ、涙がぼろぼろと溢れでる。

「ひっ、ん、あぁっ、あっ」

何度となく意識を失いそうになり、そのたびに強烈な快感を与えられ引き戻される。恍惚と天を仰ぎ、よがり声を上げる千早に魅入られたように、理の動きがますます鋭くなる。

「はぁ……はぁっ、ん、もぅっ……無理ぃ」

「もう、少しだけ……っ」

彼は太腿から手を離すと、千早の乳房を鷲掴み、勃ち上がる乳首をこりこりと捏ねる。そして腰を浮き上がらせながら、はち切れんばかりに膨らんだ陰茎をぐいぐいと押し込んだ。

背後からはっはっと激しい息遣いが聞こえてくる。ひときわ強く乳首を摘まれた瞬間、彼のものを強く締めつけてしまう。

「ひぁぁっ」

啜り泣きのような悲鳴を上げて達する。子宮口を押し上げるような動きでさらに激しく最奥を突き上げられると、背後で息が詰まる声が聞こえて、彼が胴震いする。彼は二度目とは思えないほど長く吐精し、深く息をついた。

「はぁ……大丈夫か?」

千早はもはや自力で座っていることも叶わず、糸の切れた人形のように、力を抜く。心配そうに顔を覗き込まれても、喋ることさえ億劫だ。

理の肩にもたれかかったまま、頭をふるふると横に振ると、開けっぱなしの口にちゅっと口づけられた。

「可愛い顔してる」

千早を愛おしそうに見つめる彼の目にうそはないが、絶対に可愛い顔ではないと思う。理の目が曇っているとは言わなくとも、恋は盲目というのは本当らしい。

千早がやり過ぎだと睨むと、それでも理は嬉しそうに微笑み、もう一度口づけてくる。太腿まで下げた理のスラックスはクリーニングに出すのも恥ずかしいほどに濡れてしまっているし、ソファーも然り。

「……早く、休まないと」

「怒ってるのに、俺の心配をするんだな」

理は噴きだすように笑って、疲れ切った千早の頬を指の腹で撫でた。

「怒って、ないですよ。ただ、朝……起きられなかったら、ご飯作れないので、もうちょっと手加減してほしいだけ、です」

「そういうときはコンビニで買って食べるから」

「私がいやなの」

きっぱりと言うと、理が驚きながらも口を緩ませる。

「嬉しいもんだな……そういう心配は。じゃあ、シャワー浴びて、早く寝ようか」

「はい……でも、動けないから、お風呂に連れていって」

羞恥で頬を染めながら甘えるように言うと、優しげな理の顔が緩みきったものになる。

千早は、ベッドでもう一度となりませんようにと祈るしかなかった。

第七章　話し合いのち、プロポーズ

翌日の土曜日。

なんとか朝、食事の準備をして理を見送った千早は、洗濯物を干して、二度寝のためベッドに潜り込んだ。

「腰……痛い……」

千早はベッドにごろりと寝転がり、身体を丸めるようにして目を瞑った。だが、眠気はすぐにやってこず、思い出すのは昨夜のことばかり。

本当に恥ずかしさも忘れるほどセックスに溺れてしまった。冷静になると、自分が口にした言葉まで蘇ってきて、羞恥のあまり掛け布団を頭から被る。

汚れたソファーカバーを外すのが、どれだけ恥ずかしかったか。

理のスラックスをそのままクリーニングに出すのは憚られて、簡単に手洗いをしながら昨夜の交わりを思い出し、何度手が止まったか。

理があれほど自分を欲してくれているのを見ていると、彼の気持ちを疑うのもバカらしくなってくる。

ベッドでそんな羞恥に身悶えているうちに、いつの間にか千早は寝入ってしまっていた。


「ん……」

喉の渇きを覚えて目を覚まし、スマートフォンで時刻を確認する。

どうやら五時間近くも眠っていたようで、とっくに昼を過ぎていた。ぐっすり寝たせいか、頭はかなりすっきりしている。

スマートフォンのメッセージアプリに、メッセージの受信を知らせる通知が入っていた。

アプリを起動してメッセージを確認すると、一馬からの連絡だった。

恵美との離婚は弁護士を通して順調に進んでいる。あとは離婚届にサインをして提出するだけで、恵美と顔を合わせる必要もないのだが、直接会ってサインをすることを彼女が望んだ、と書かれていた。

どうやら恵美は、その際に、千早にきちんと謝罪したいらしい。

『これ以上千早を巻き込みたくないから断ってくれていいんだけど、その前に一応確認してからと思って』

一馬のメッセージは、そう締め括られていた。

「謝りたい……か。気にしてないんだけどね」

千早を疑った恵美の気持ちは十分に理解できる。あのとき千早にしか憤りをぶつけられなかったこともだ。

だから今度こそ、自分を愛してくれる人を見つけて、幸せになってほしいと思う。もし千早に謝罪することで彼女がすっきりするなら、顔を出すくらい構わない。

千早は一馬にメッセージを返信して、ベッドから起き上がった。

「昼だけど……お腹は空いてないかな」

あらぬところに違和感はあるものの、疲れは取れていた。

クローゼットから服を取りだし支度をしていると、一馬からまたメッセージが入った。

急だが明日の日曜日でもいいかという連絡だ。

理は今日が日直のため、明日は休みのはずだ。もし急な仕事が入ってしまったら、千早が一人で行けばいい。そう考えて、了承の返事をする。

珍しく早く帰ってきた理に、日曜日の話し合いに同席することを伝えると、彼は案じるような顔をして千早を見つめた。

「どうかしました？」

「あぁ、いや……明日は俺が行くから、千早は同席しなくていいんじゃないか？　兄さんは断っていいって言ったんだろ？」

どうやら理は千早が話し合いに同席することに反対のようだ。たしかに、理は一馬の家族だが、千早はなんの関係もない他人。千早もそれはわかっている。

「そうなんですけど、謝罪して、恵美さんの気が晴れるならと思いまして」

「謝罪……ね。本当か、それ」

「どういうことですか？」

千早が聞くと、理は言葉を濁して「なんでもない」とかぶりを振った。

そして翌日。

朝食を済ませて、一馬との待ち合わせ場所である駅に向かった。

「おはよう、二人ともごめんね。休日に」

「いや、いいよ。俺も気になってたし。千早もな」

「恵美さんとはどこで待ち合わせをしてるんですか？」

千早が聞くと、一馬が「彼女の家だ」と答えた。恵美は現在、ホテル暮らしをやめて、一馬が用意したマンションで暮らしているのだという。

八木澤家で話し合いをしようと持ちかけたが、恵美に断られたらしい。それはそうだろう。夫の両親がいる家で離婚の話し合いはなかなかしにくい。

「そこに私たちもお邪魔していいんでしょうか？」

「そう思って、うちでって言ったんだけどね。彼女が来てほしいって言ってるから、いいんじゃないかな」

タクシーに乗り込み、助手席に一馬が座り、理と千早は後部座席に座った。恵美が暮らすマンションの住所を一馬が運転手に伝える。

それからおよそ四十分。二十階建てマンションの車寄せにタクシーが停められた。マンションは駅からほど近い場所にあり、去年建てられたばかりの新築だという。

「慰謝料にしてはかなりの額になるな」

マンションを見回していた理が口を開いた。

弁護士を通しての話し合いで、離婚協議書はすでに作成しており、財産分与、慰謝料はこのマンションでという内容に恵美も納得したという。しかし、慰謝料としてはかなり高額で、そこに収まらない範囲は税金がかかってくるはずだ。当然、その負担も一馬だろう。

「彼女の大事な時間を奪ってしまった、誠意かな」

「そうか、兄さんがいいならいい」

インターフォンを鳴らすと、すぐに恵美が応答した。不機嫌そうな声で「はい」と聞こえて、すぐにロックが解除される。

オートロックのエントランスを潜ると、広々としたエントランスホールがあり、エレベーターが二基並んでいる。

エレベーターに乗り込み、十八階のボタンを押した。エレベーター内では三人とも無言で階数表示を見上げていた。

一馬がカミングアウトしたとき、理は恵美に対して同情的だったように思う。けれど今は、どことなく理が恵美に対して思うことがあるような、含みのある言い方をするのが気にかかる。

(私を呼びだしたのも、謝罪だって信じてないみたいだし)

理の態度から、千早をあまり恵美と関わらせたくないように思えた。それがなぜなのかはわからないが。

部屋の前に着きインターフォンを鳴らすと、ややあってドアが開けられた。謝りたいと言っていたわりには千早を見る目つきは厳しい。

しかし離婚する夫婦の雰囲気は、こんなものなのかもしれない。なかなか和やかにとはいかないだろう。

「……理さんも来たのね」

「あぁ、第三者もいた方がいいだろうからね。僕が呼んだんだ」

「まぁいいわ、入って」

恵美はスリッパの音を鳴らしながら足早にリビングに向かった。

「お邪魔します」

千早は靴を脱ぎ、一馬と理に続いた。

廊下を通った先には十二畳ほどのリビングダイニング、カウンターキッチンがある。廊下にいくつか部屋があったから2LDKか3LDKはありそうだ。

丸いダイニングテーブルの周りには椅子が四つ。それぞれに腰かけると、一馬が切りだした。

「公正証書も残したし……あとはこれにサインをもらうだけだ。届は僕が出してくる」

一馬はそう言って胸ポケットから離婚届を出してテーブルに置いた。一馬の名前はもう記入されており、証人の一人に理の名前が書かれていた。

恵美は離婚届を前にして、苛立ちを抑えるように息を一つ吐くとボールペンを手に取った。殴り書きのように記入を終えると、ボールペンを置く。

「ありがとう」

一馬は離婚届を丁寧に折りたたみ、ポケットに戻した。恵美はなにも言わず、テーブルを睨んでいた。

謝罪をする気分ではなくなったのかもしれない。それならそれで千早はいい。

すると、ややあって嘲るように彼女が口を開いた。

「これでこの人と憂いなく結婚できるってわけ？　よかったわね」

恵美の声は低く、言葉にはトゲがある。

「兄さん」

咎めるような口調で理が一馬を呼んだ。

一馬は理に対して頷き、恵美に向き直る。

「恵美、君が彼女に謝りたいと言ったから、来てもらったんだよ」

「謝るわけないじゃない！　全部ぶち壊してやりたかったから呼んだのよっ！」

恵美は千早を憎々しげに睨んだ。

謝罪というのはうそだったのだろう。この場に千早を呼んだのは、非難するためか。

やはり、という顔で理が嘆息した。彼は千早を恵美に会わせることに反対していた。最初からこうなることをわかっていたのかもしれない。

「仲良さそうに食事して、二人でタクシーに乗ってっ、これのどこが不倫じゃないって言うのっ！　この女、理さんのマンションにも出入りしてるのよっ⁉」

恵美はキッチンカウンターに置いてある写真を手に取ると、千早に向かって投げつけた。

ひらひらとテーブルに落ちた写真は、一馬と食事に行ったときのものだ。べつの写真には、タクシーに乗り込むところも写っている。それに、理のマンションに入っていく姿も。

「これは、食事に行ったときのだね」

一馬は写真を手に取り、呆れたような目を恵美に向ける。

もう何度となく恵美に言葉を重ねてきたのだろう。それでも恵美は信じなかった。同性しか好きになれないと言いながら千早と二人で会っているのを知り、怒りが収まらなかったのかもしれない。

「だから、千早は友人だと何度も言っているだろう。彼女は理と付き合ってるんだ」

「兄弟揃ってその女にぞっこんってわけ？　ふざけるんじゃないわよっ！」

「恵美っ⁉　なにを……」

恵美は手を伸ばし、キッチンカウンターに置いてある包丁を手に取った。肩で息をしながら刃先を千早に向ける。

千早が無意識に立ち上がると、横から理の腕が伸ばされ庇うように抱き締められる。

「理、千早……本当にごめんね」

一馬はそう言うと、これ以上、理と千早を巻き込めないと判断したのか、椅子から立ち上がり、恵美の前に立った。

「なにがごめんねよ！　どこまで私をバカにするのっ⁉」

「バカになんてしていないよ。悪いのは僕だ。咎は僕が受ける。だから……君がうちの病院の悪評をばら撒いても、僕が暴力を振るったと君が周囲に漏らしても、なにも言わなかっただろう？」

「そんなの知らないわっ！」

　恵美の顔が怒りで真っ赤に染まる。その勢いのまま一馬が刺される可能性もあり、千早が口を挟むことさえできずにいると、身体に回る理の腕の力が強まる。

「プロバイダーの開示請求に時間がかかっているが、調べはついてる。兄さんがあなたを訴えるつもりはないと言うから俺もそれを尊重しているが……もし千早になにかしようとするなら許さない」

「どうしてっ、どうしてみんな、その女の味方をするのっ！　浮気された私が悪いみたいに！　お父さんもお母さんも、離婚なんて世間体が悪いから帰ってくるなって……」

　恵美はぼろぼろと涙をこぼしながら、声を荒らげた。うつろな目が理に向けられる。

「理さんだって初めは私に味方してくれていたじゃないのっ！　兄は不倫をするような男じゃないから、女に騙されたんだと思うって言ってたじゃない……それなのに、あなたまでどうしてそっち側にいるのよっ」

「だからそれは誤解だったと……」

「誤解、誤解って！　じゃあ私は、誰を恨めばいいのっ！　男が好きなら仕方がないって笑って離婚に応じろって!?　冗談じゃないわっ！」

　恵美は嗚咽を漏らしながら、ぎりぎりと音が聞こえてきそうなほど歯を食いしばる。その手が振り上げられるのを見て、千早は思わず理の腕を振りほどき一歩踏み出していた。

「待って！」

千早がそう叫ぶと、驚いた恵美が息を呑み、こちらを見た。彼女の手は振り上げた状態で止められている。

「あなたは悪くない」

千早の言葉に、恵美が戸惑ったような顔をした。

「千早っ、離れていろ！」

一瞬できた隙に理が恵美の腕を押さえ、包丁を奪う。包丁を一馬に手渡し、千早を庇うべく前に立とうとするが、千早は首を横に振ってそれを制した。

「あなたは、悪くないです。いやな思いをさせて、ごめんなさい」

千早は、怒りで震える恵美の手を握りしめ、ことさらゆっくりと言葉を紡いだ。

恵美が、謝罪したいとうそをついてまで千早を呼んだのは、そこまで追い詰められていたからだろう。

千早の想像でしかないが、浮気調査で一馬の不貞が明らかになっても、恵美は離婚するつもりはなく夫を許そうとしたのではないだろうか。千早と一馬が不倫を認め、誠心誠意謝罪をすれば、それで終わりにするつもりだったように思う。

しかし、浮気相手は浮気を認めず、夫は浮気相手をかばい立てする。

さらにそのあと一馬から離婚を突きつけられ、被害者であるはずなのに親は味方をしてくれず、帰る場所もない。一馬も理も千早を庇うようなことを言う。追い詰められた恵美が、憎悪を募らせても致し方ない。

「離婚の話を、ご家族にされたんですか？」

「……ええ、なにがあっても耐え忍ぶのが夫婦なんですって……その程度を許せないから離婚なんかされるんだって言われたのよ。せっかくお前が望む結婚相手を見つけてやったのに、ですって」

恵美は自嘲の笑みを浮かべた。今さら自分がしたことを恐ろしく感じ始めたのか、握りしめた手がぶるぶると震えていた。

千早は彼女の手を握った。千早が手を握っていても、彼女は振り払うこともせずにされるがままだ。

「私、これでも、一生懸命に〝妻〟になろうとしたわ。一馬さんに愛されていないのなんて百も承知だった。だから浮気だって一回くらいなら許そうと思った。子どもができれば変わるかもとか……長く一緒にいれば、いつかは……なんて考えて……無駄な努力よね」

恵美はそう言って、はらはらと涙を流した。

愛されていなくとも、一馬の妻であることが彼女の矜持だったのだろう。

理に愛されていなくても思い出になればと肉体関係を持った千早には、その気持ちが痛いほどよくわかった。

一馬は恵美に対して申し訳ないという気持ちがあったからこそ、金銭的に困ることがないように、全面的に非は自分にあると認めた上で協議離婚の手続きを取った。

だが、早く離婚したいという焦りは恵美に伝わっていたはずだし、手のひらを返したような理の態度や親の言葉にも、ショックを受けたに違いない。

楽しそうに食事をする一馬と千早を見たときは、腸が煮えくり返る思いだっただろう。

一馬の事情を知っている千早からすると、一馬もまた、恵美と結婚してから二年以上悩み続けてきたのだが、それは恵美の知るところではないのだから。

いくら千早を友人だと言ったところで、不倫疑惑のあった相手と楽しそうに食事をしていれば、プライドもずたずたになる。

「私を呼びだしたのは、どうしてですか?」

千早が落ち着いた声で尋ねると、恵美の目がこちらを向いた。先ほどまでの勢いはもうない。彼女はただ、なにもかもを諦めた表情をしていた。

「許せなかった……人の家庭を壊しておいて、幸せそうに笑うあなたが、憎かったの。一馬さんの恋人だろうと、友人だろうと、どうでもよかった。あなたさえいなければ、こんなことにならなかったのにと……思いたかった」

それは誤解だと言う気にはならなかった。その怒りをぶつける相手が千早ではないと、彼女はもう気づいているだろうから。

「一馬さんは……私の父と同じだったんです」

「え？」

千早は、両親が離婚したきっかけを恵美に話して聞かせた。そういえば理にはまだ話していなかったなと思い出す。

「父がいなかったら、私は生まれなかった。でも、母と私の存在が父を苦しめていたのもたしかです。だから一馬さんの話を聞いたとき、自分がなんとかしたいと、なんとかしなければと強く思いました。そのせいで、あなたを苦しめてしまったなら……本当に申し訳ないことをしたと思います」

「……そうだったの」

彼女はため息をついて視線を床に落とすと、首を横に振った。

本来なら警察を呼ぶべきなのだろうが、今、恵美にそれを言う気にはならない。すると、黙って話を聞いていた一馬が恵美の手を取り、椅子に座らせた。

「恵美、本当に申し訳なかった。僕は……早く離婚する方が君のためにもなると思っていたんだ。でもまず、聞くべきだったんだね、君がどうしたいかを」

「私は……これ以上、結婚生活を続けたいとは思えないわ」

「僕に、してほしいことはある？」

一馬の言葉に恵美はため息を漏らして、緩く首を振った。

「夫婦であるときに、そう言ってほしかった。けど、もういいわ。警察に行くから、ついてきてくれるかしら」

「……わかった」

一馬の腕に支えられて恵美が立ち上がった。彼女はちらりと千早に目を向けたが、なにも言わなかった。

「千早」

理が案じるように千早を呼ぶ。

誰も怪我をせずに済んでよかったと、今になって安堵で力が抜けそうになる。

マンションの前で一馬と恵美を見送ると、理の腕が肩に回され、強く引き寄せられる。

「本当に君は、無理をする。千早を失うかもしれないと思ったら……ぞっとした。頼むから、あんなこと二度としないでくれ」

彼は、恵美がなにかしたらすぐに飛びだせる位置で千早を守ってくれていた。口を挟まずに見守ってくれていたことに感謝しかない。

「……ごめんなさい」

理の両腕に囚われ、苦しいぐらい強く抱き締められる。

「君は強い。俺に守られる必要もないくらいに。でも、守らせてくれ……これからもずっと」

ぎゅうぎゅうと抱き締められているせいで言葉が返せず、頷くに留めると、頭上から深いため息と共に声が聞こえてきた。

「一刻も早く君と結婚したい……」

なぜプロポーズがこのタイミングなのだろう。付き合って二ヶ月も経たないうち、というのはせっかちな理らしいとも思うが、それだけ心配させてしまったのかもしれない。

「どうして急に?」

「急じゃない。千早の気持ちが俺に向いたらと思っていた。ただ、こんなところでプロポーズするつもりではなかった」

照れ隠しなのか、理は「締まらないな」と口にすると、千早の顎を掴んで持ち上げる。

「結婚するなら千早がいいと言ったはずだ。償いじゃないぞ」

あのときは信じられなかったけれど、彼に愛されているのはもう十分伝わっている。

「わかってます。私も、結婚するなら、理さんがいい」

彼の顔が近づいてきて、そっと目を瞑る。触れるだけの口づけが贈られて、安堵するように頭を抱え込まれた。

「……守ってくれて、ありがとう。嬉しかったです」

千早は理の胸にぽすんと顔を埋める。その温もりが今はありがたかった。速まる鼓動が落ち着くまで、千早は彼の腕の中にいたのだった。

エピローグ

それから一ヶ月。

暦の上では秋だが、夏の終わりが見えないような気温の中、千早は八木澤家を訪れていた。

恵美は警察に自首したが、千早が逮捕を望んでおらず、事情を鑑みて示談となった。

一馬は、恵美が働き先を見つけるまでは自分が力になろうと、彼女のそばにいるようだ。

一度、理を通して連絡が入ったが、夫婦でいたときよりもずっと、普通に話ができているという。

「千早さん……一馬がご迷惑をおかけしたようで、本当に申し訳ありません」

そう言って頭を下げたのは、一馬と理の母、小百合（さゆり）だ。隣には小百合の夫で、一馬と理の父親、和臣（かずおみ）も座っている。

「頭を上げてください、迷惑だなんて思ってませんから」

八木澤家を訪れるのは、一馬のカミングアウト以来だ。あのとき一馬の両親はおらず、千早が顔を合わせるのは初めてだ。

「恵美さんのことも聞いたのよ。あなたに怪我がなくて本当によかったわ。恩を仇で返すところだったなんて……」

小百合が心底ほっとしたように言うと、千早の隣に座る理に目を向けた。一馬ではなくどうして理がいるのかと疑問に思っているのだろう。

「母さん、今日はその話をしに来たんじゃないんだ」

理が苦笑しながら小百合に告げる。

小百合は目を瞬かせながら首を傾げるが、すぐに思い至ったようで満面の笑みが浮かぶ。

「あら……っ、あらあら、まさか」

「少し前から彼女と交際してるんだ。それで今年中に千早と結婚する。で、婚姻届はこのあと出すつもりだから、保証人欄にサインしてくれ」

理はそう言って記入済みの婚姻届をテーブルに広げた。この人のせっかちなところは直らないのだろうな、と千早は目を細めて隣を見る。

「千早さんは、本当に理でいいのか……」

和臣が呆れ顔で言った。

小百合も同じような顔をしていた。

「本当よ、振られても知らないわよ。忙しいのはわかるけど、まずは結婚式でしょう！」

「ちゃんと千早とは話してるさ。で、挙式だけしようと思ってる。披露宴は準備に時間がかかり過ぎるからな」

理の言葉が淡々とし過ぎているせいか、小百合の額に青筋が浮かんでいるのが見えるようだ。千早ははらはらと二人を見ていた。

「本当に相談した上で決めたんでしょうね？　千早さんに我慢させてるんじゃないの？　大事な人を蔑ろにするのは、お母さん許しませんよ」

だから順を追って説明した方がよかったのに、と思ったのだが、さっさと婚姻届にサインをもらい区役所に提出したかった理は、それを待てなかったらしい。

仕方なく千早がフォローするべく口を挟んだ。

「あの、ちゃんと理さんと話し合って、披露宴はしないと決めたんです。ウェディングドレスは着られますし、親族だけの食事会なら準備にもそう時間はかからないので」

理は当初、挙式披露宴をするつもりでいたのだ。だが、無理をしてまで披露宴をしなくていいと止めたのは千早だ。披露宴をしても、その準備のほとんどを千早が仕切らねばならず、それは理も危惧していた。

ならば挙式だけにしようという話になったのだ。

それを説明すると、小百合は深いため息をついたあと、千早の手を握りしめてきた。

「言葉足らずだし、せっかちだし、ほとんど家に帰ってこないと思うけど……どうか、理を見捨てないであげてくれると嬉しいわ。なにかあったら私にすぐに言って。あ、理がいなくてもいつでも遊びに来てちょうだいね」

「ふふ、ありがとうございます」

「じゃ、行くか」

「まったくもう、本当にせっかちねぇ」

理は小百合が握ったままの千早の手を奪うと、さっさと八木澤邸をあとにした。和臣とほとんど話していないなと気づいたのは、理の車に乗り込んだあとだ。

「よかったんですか？　顔合わせがあんな感じで」

呆れて言うと、理はエンジンをかけながら「いいんだよ」とこぼす。

理は、千早の母と祖母への挨拶はちゃんとしてくれたのだ。食事をと誘われてもいやな顔一つしなかったし、祖母となんて芸能人の話に花を咲かせていた。

母と祖母のためにそうしてくれたのだろうが、自分の身内に対して適当過ぎる。

「やぎさわ内科を兄さんに譲って、父さんも母さんも暇だからな。さっさと帰らないと、何時間も付き合わされる」

「ふふ、そんなに私と一緒にいたいんですか？」

いつかと同じ言葉で尋ねると、理が当然とばかりに口にする。

「君といる時間を、一分一秒でも無駄にしたくないんだよ」

左手を取られて、指に彼の唇が触れた。

千早も同じ気持ちで、彼の指をするりと撫でる。

「区役所まで安全運転でお願いしますね」

「それは当然だな」

名残惜しく感じながらも手を離し、千早は左手の薬指に輝く指輪に口づけたのだった。

あとがき

本作をお手にとっていただき、ありがとうございます。本郷アキです。

オパール文庫様から二作目の刊行となりました。お楽しみいただけましたでしょうか。

今作のヒーローはエリート医師だし、表紙もとっても可愛いし、甘々の溺愛ストーリーに違いない、と思ってお手に取った方はすみません（笑）

最後は溺愛ですが、誤解して怒ってヒロインを強○するヒーローです。大好きです。

私は強引で俺様なヒーローが好きなので、無理矢理な一発目のHシーンをそりゃもうノリノリで書いたんですけど、ダメな方もいるだろうなぁと思うのですよ。

読者様に受け入れられるようにどうすればいいか、そういったことを担当さんが一緒に考えてくださるので本当に助かります。担当さんには足を向けて寝られません。

私自身がものすごくせっかちなタイプなので、理は本当に書きやすいヒーローでした。メールはすぐに返さないと気が済まないし、友人と食事に行ったらさっさと注文しないと落ち着かなくなります。「もういい？　決まった？　注文するよ？」って（笑）

ヒロインは自立した大人の女性です。千早は性格的にも甘えられないタイプでわがまま一つ言いません。だから理は、いつ振られるかとやきもきしていたはず。必死に千早を自分に繋ぎ止めようとする理が、書いていて可愛いかったんですよね。
　センシティブな問題を抱えている一馬、それを不倫だと誤解した妻、恵美には、ヒロインたち以上に幸せになってほしいです。

　表紙、挿し絵はちょめ仔先生が担当してくださいました！　２０２２年e-オパール様『元カレCEOの不埒で甘い執着愛』以来二度目です。
　表紙の理の流し目、見ました⁉　私は大興奮しました！　私はヒーローのスーツやワイシャツ&ネクタイ姿が好きなので、ほかのお仕事でも「ヒーローにネクタイを着用させてください」とお伝えするのですが、今回もお願いしました。ありがとうございます！

　最後になりますが、この作品に携わってくれたすべての皆様に感謝申し上げます。本当にありがとうございました！
　そして、いつも応援してくださる読者様、初めましての読者様も、最後までお読みいただきありがとうございました。またお目にかかれる日を願って。

２０２４年１０月　本郷アキ

ILLUSTRATION GALLERY

カバーラフ決定 ver.

カバーラフ別 ver.

イラストラフ
挿し絵③
挿し絵①
挿し絵②
挿し絵④
イラストラフ別 ver.

挿し絵⑦
挿し絵⑧

◆ ファンレターの宛先 ◆

〒102-0072　東京都千代田区飯田橋3-3-1
プランタン出版　オパール文庫編集部気付
本郷アキ先生係／ちょめ仔先生係

オパール文庫Webサイト　https://opal.l-ecrin.jp/

一生(いっしょう)そばにいてくれよ せっかちなエリート外科医(げかい)は 恋人(こいびと)をとことん甘(あま)やかしたい

著　者――本郷アキ（ほんごう あき）
挿　絵――ちょめ仔（ちょめこ）
発　行――プランタン出版
発　売――フランス書院
〒102-0072　東京都千代田区飯田橋3-3-1
印　刷――誠宏印刷
製　本――若林製本工場
ISBN978-4-8296-5559-7 C0193

本書へのご意見やご感想、お問い合わせは、QRコード、
または下記URLより弊社公式ウェブサイトまでお寄せください。
https://www.l-ecrin.jp/inquiry

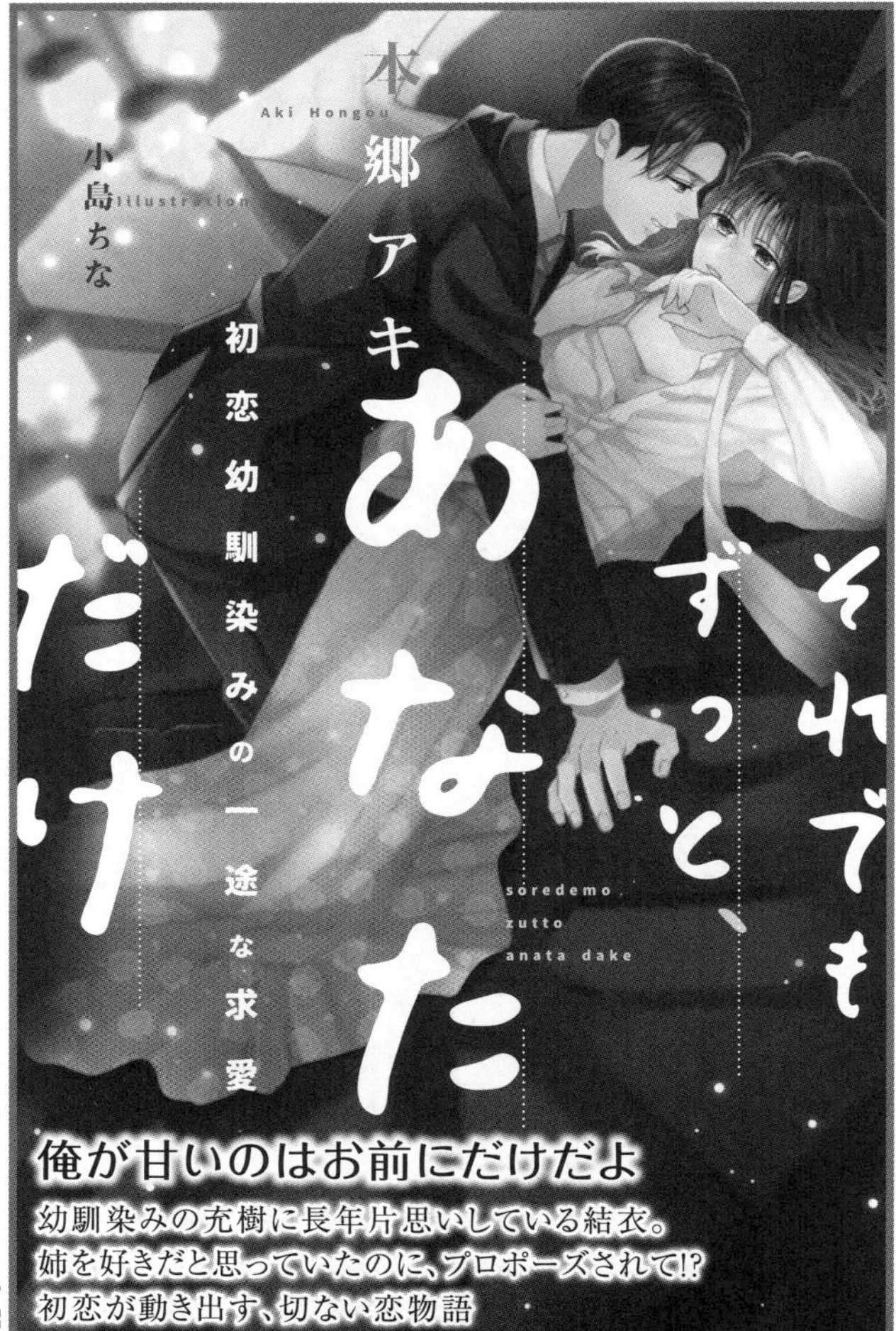
本郷アキ
Aki Hongou
小島ちな
Illustration
初恋幼馴染みの一途な求愛
あなただけ
それでもずっと、
soredemo
zutto
anata dake
俺が甘いのはお前にだけだよ
幼馴染みの充樹に長年片思いしている結衣。
姉を好きだと思っていたのに、プロポーズされて!?
初恋が動き出す、切ない恋物語

電子書籍限定レーベル
e-Opal
e-Opal

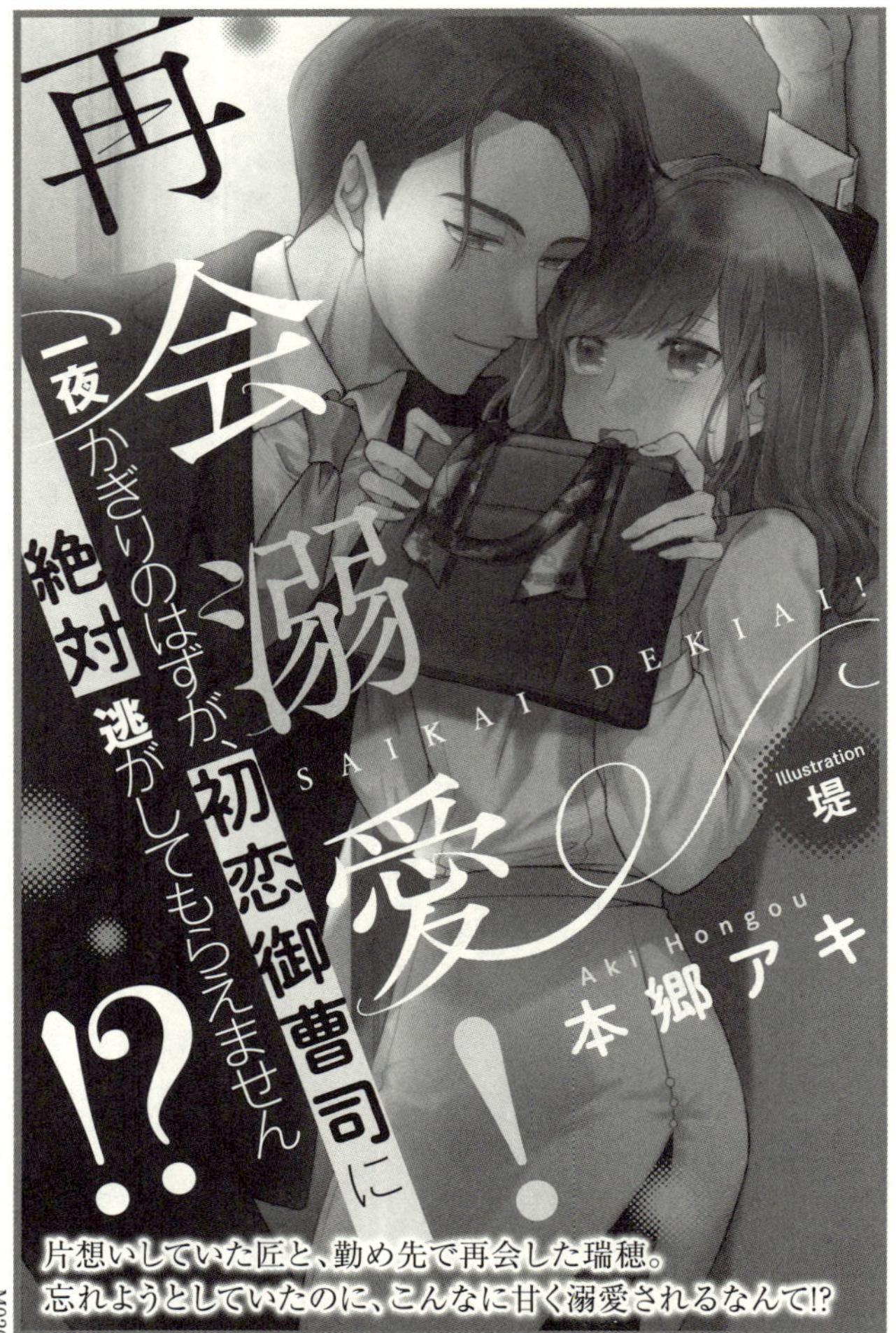
再会溺愛！
SAIKAI DEKIAI!
一夜かぎりのはずが、初恋御曹司に絶対逃がしてもらえません!?
Illustration
堤
Aki Hongou
本郷アキ
片想いしていた匠と、勤め先で再会した瑞穂。
忘れようとしていたのに、こんなに甘く溺愛されるなんて!?

M014

♥ 公式サイト及び各電子書店にて好評配信中!♥

Opal Label オパール文庫

『何でもする』と言ってくれたよね？

「僕の子どもを産んでくれ」
幼馴染みの御曹司、要に契約結婚を持ちかけられた春乃。
大好きだった彼からの提案に胸は高鳴り……？

Op5558

好評発売中！

今すぐ、幸せにしてあげる

再会した幼なじみの雪斗。その日のうちに口説かれるなんて!?
私じゃあなたに釣り合わないのに——。
一途な御曹司の全力愛！

Op5552

 **好評発売中！**

崖っぷち若女将、
このたびライバル旅館の息子と婚約いたしました。
東万里央
Mario Azuma
Illustration
織屋イト